FABIENNE SIEGMUND

DAS NEBELMÄDCHEN VON MIRRORS END

art skript
PHANTASTIK
»Verlag & Design«

CONTENT NOTE

Gewalt an Kindern

IMPRESSUM

1. Auflage 2020
Art Skript Phantastik Verlag | Salach

Korrektorat » Seitenreise | Melanie Schneider
www.seitenreise.de

Gesamtgestaltung » Art Skript Phantastik Verlag

Druck » BookPress | www.bookpress.eu

ISBN » 9783945045473
Auch als eBook erhältlich

Der Verlag im Internet » www.artskriptphantastik.de

*Alle Personen und Handlungen
sind frei erfunden.
Ähnlichkeiten mit realen Personen
sind zufällig und nicht beabsichtigt.*

© Freylin Fotografie, Jonas Steingräber

ÜBER DIE AUTORIN

Fabienne Siegmund, geboren 1980, flog schon als Kind liebend gerne auf dem Rücken eines Glücksdrachen über Phantasién oder sprang mit Begeisterung in literarische Kaninchenlöcher. Mit der Zeit wurden phantastische Geschichten mehr und mehr ihre Leidenschaft, und so begann sie irgendwann selbst damit, Welten zu bauen und Geschichten zu weben. Seit 2009 finden diese regelmäßig den Weg ins Universum der Bücher, so erschien unlängst beispielsweise »Herbstlande 2 - Verklingende Farben«, das sie mit Stephanie Kempin, Vanessa Kaiser und Thomas Lohwasser schrieb. Ihr Herz für Kurzgeschichten lebt sie immer wieder als Herausgeberin von Anthologien aus. Ende 2015 war sie Mitbegründerin des Phantastik-Autoren-Netzwerk (PAN) e.V., in dem sie seit 2017 die Position der Schatzmeisterin übernommen hat.

FÜR ALLE
TRÄUMER UND NARREN.
SIE HABEN ES VERDIENT.

PROLOG

Die Nacht war finsterdunkel.

Ja, das genau war das richtige Wort, denn finster und dunkel allein hätten für die tiefe Schwärze, die den Himmel färbte, nicht ausgereicht.

So finsterdunkel war die Nacht, dass selbst das Licht der Straßenlaternen zu sterben schien, noch ehe es die gläsernen Leuchtkörper verlassen konnte.

Und genau in diesen finsterdunklen Himmel starrte Eliza Willows. Sie hätte nicht zu sagen vermocht, was diese Nacht so dunkel machte, dass selbst tiefstes Schwarz hell dagegen schien.

Nicht damals, als sie auf dem Beifahrersitz des alten Volkswagens gesessen hatte, der sie und ihre Mutter zu dem Ort brachte, der in jener Nacht nichts als eine vage, missmutige Vorstellung gewesen war und nie und nimmer das Zuhause, das er einmal sein würde.

Nein, damals hätte Eliza nicht einmal geglaubt, dass das Haus mit den vielen Giebeln, Erkern und Türmchen jemals ein Zuhause sein würde, dass sie es einmal lieben würde wie keinen Ort sonst auf der Welt.

Aber das war vor dem Speicher gewesen, vor dem Trödelmarkt der Träume und den verlorenen Erinnerungen; vor dem Wissen um den Schmied, der Träume fing und in kleine Käfige aus Stahl, Magie und Glas sperrte und vor all den anderen Dingen – wie dem alten Weiblein aus Papier, an deren Existenz sie nie zuvor geglaubt hätte. Vor allem aber vor dem Nebelmädchen mit den goldgrünen und silberblauen Augen aus Meeresleuchten und Himmelssehnsucht.

Erst später erfuhr sie, dass der Nacht die Sterne gefehlt hatten und dass es Tränen gab, die schwerer wogen als salzig schmeckendes Wasser.

In diesem Moment, damals auf dem Beifahrersitz, war einfach alles finsterdunkel gewesen.

Nicht nur die Nacht. Auch die Welt. Das ganze Leben.

November war es gewesen, und wie jeder November hatte auch dieser sein Lied aus winterkaltem Regen und herbstvergessenem Sturm gesungen.

Ein Lied, das Eliza Willows niemals mehr vergessen würde.

Kapitel 1

EIN NEUES HAUS, EIN NEUER ANFANG

Es gibt Orte, die schweigen, so viele Stimmen sie auch bevölkern.

Mirrors End war kein solcher Ort. Im Gegenteil. Alles hier schien eine Stimme zu haben.

Die Weiden, die einen Wald aus wirr hängenden Zweigen und Ästen bildeten, der bis an den kleinen Fluss reichte und bei deren Anblick sich Eliza fragte, ob die Mutter dieses Haus ausgesucht hatte, weil die Weiden so gut zu ihrem Nachnamen passten.

Das Bächlein selbst, das rauschte und plätscherte und Worte raunte, die in seinen Wellen untergingen.

Und das Haus, dieses kleine, absolut verwinkelte und verbaute Haus, das ein wenig so wirkte, als hätte jemand versucht, ein Schloss in einem Fachwerkhaus unterzubringen, ja, vor allem das Haus schwieg mitnichten.

Das Erste, was Eliza vernahm, war das Knarzen der hölzernen Eingangstür. Lang gezogen war es, wie ein leidvolles Aufstöhnen. Durch Mark und Bein ging es.

Die dunklen, ausgetretenen Dielen im Flur quietschten.

Die Kacheln in der Küche, von denen manche so viele Risse hatten, dass der Boden wie mit schwarz gesponnenen Spinnweben bedeckt schien, knirschten schmirgelnd unter ihren Schritten.

Die Fensterläden schlugen leise im Takt des Windes, und der Wind selbst verfing sich heulend in Kaminfängen und Hohlräumen.

Nein. Es war nicht leise, und die Geräusche, die der

Dunkelheit zu entspringen schienen, verstummten auch nicht, als Elizas Mutter das Licht anschaltete.

»Da sind wir!« Sie strahlte Eliza an. Von all den Geräuschen schien sie nichts bemerkt zu haben, oder sie verschwieg es einfach, aber wahrscheinlich war es das Erstere.

»Was sagst du?«

Eliza zuckte mit den Schultern. Was sollte sie schon sagen?

Dass sie nicht hier sein wollte? Dass die Welt finsterer als finster und dunkler als dunkel geworden war? Das konnte sie nicht, denn das würde ihre Mutter nur traurig machen, und Margaret Willows war schon traurig genug, seit Elizas Vater beschlossen hatte, dass das Leben mit einer Anderen schöner sei als das mit seiner Frau und der sechzehnjährigen Tochter, die er stets nur mit abschätzig seltsamen Blicken bedacht hatte, weil sie eben nicht der Cheerleadertyp war, nicht das beliebte Mädchen, das jedes Wochenende auf einer anderen Party tanzte.

Nein, ihre Mutter war traurig genug, und Mirrors End war ihr Versuch, dieser Traurigkeit zu entkommen, die innere Leere mit etwas Neuem zu füllen.

Also sagte Eliza Willows nur: »Nett.«

Die Augen ihrer Mutter, die ebenso blau waren wie ihre, strahlten. »Nicht wahr? Es ist bezaubernd. Warte, bis du es bei Tageslicht siehst.« Sie griff nach der Hand ihrer Tochter und zog sie durch das Haus. Sie zeigte ihr den Raum, der als Wohnzimmer dienen sollte, das Esszimmer, ihr eigenes Schlafzimmer und einige kleinere Kammern. Dann ging es in den ersten Stock, und auch hier ächzten die ausgetretenen Stufen unter jedem Schritt, der sie berührte.

Fünf Zimmer gab es, und eines davon sollte ihr gehören, sollte ihr neues Reich werden.

»Such dir eins aus«, flüsterte Margaret Willows, drückte ihre Hand noch einmal und ließ dann los, als wäre ihre Tochter ein kleiner Vogel, der zum Fliegen animiert werden sollte, und Eliza betrat ein Zimmer nach dem anderen.

Am Ende entschied sie sich für das Zimmer mit der Treppe, die zum Speicher führte. Es lag etwas höher als die anderen, abgegrenzt durch einen kleinen Flur, den man über eine schmale Treppe erreichte. Warum wusste sie noch nicht einmal so genau. Da waren größere Zimmer, die nicht so verwinkelt und verbaut waren und deren Decke sich nicht durch eine Dachschräge nach oben hin verjüngten, Zimmer, in denen es halbwegs normal große Fenster gab und nicht nur ein einziges, das in einem Erker lag und kaum Licht in den Raum spendete. Dazu kamen noch kleine, kachelgroße bunte Fenster, die in der Wand der turmartigen Ausbuchtung wie eine Wendeltreppe aus Glas nach oben führten. Wie eine Spiegelung zu den bunten Glasquadern wand sich die Treppe, die in einer anderen runden Ausbuchtung lag, in der gegenüberliegenden Ecke nach oben. Eliza vermutete, dass dies das zweite von außen sichtbare Erkertürmchen war und dass diese Treppe auf den Speicher führte.

Und obwohl es wirklich, wirklich schönere Zimmer in diesem Haus gab, wählte Eliza genau dieses.

Ihre Mutter versuchte, ihr ein anderes Zimmer schmackhaft zu machen, aber sie hatte nur mit dem Kopf geschüttelt. Die einzige Bitte, die sie hatte, war, ihre Bücher in dem kleinen Flur davor aufstellen zu dürfen, denn Eliza hatte viele Bücher. Bilderbücher, Kinderklassiker, Kriminalromane und Geschichten voll von Geistern und Gestalten, deren Existenz nie bewiesen werden konnte. Liebesschmöker, Western und Abenteuer außerhalb bekannter Universen. Erzählungen aus anderen Zeiten, längst vergangenen oder noch unendlich fernen.

Eliza Willows liebte Bücher.

Schon immer hatte sie ihre Zeit lieber in der Gesellschaft von Büchern als in der von Menschen verbracht. In ihren Augen war es so: Bücher konnten einem nicht wehtun, und wenn doch, wenn sie wie ein Spiegel waren, der einem das eigene Leben unbarmherzig vor Augen führte, konnte man sie einfach zuklappen. Menschen aber verletzten einen, genauso wie manchmal das Wetter und vor allem die Wirklichkeit, und nichts von alledem konnte man einfach zurück in ein Regal stellen. Natürlich wusste sie, dass Bücher auch schmerzliche Erinnerungen hervorrufen konnten und dass es für andere nicht so funktionierte, bei ihr klappte es.

Sie wusste daher auch nicht, warum dieser Umzug sie so wütend machte. Es gab niemanden, den sie vermisste und ihre ehemaligen Mitschüler hatten wahrscheinlich schon vergessen, dass es sie je gegeben hatte, denn dort war sie immer schon die Außenseiterin gewesen, die, die ihre Nase immer lieber in Bücher steckte als in Puderdöschen.

Wahrscheinlich, gestand sie sich ein, war es die Veränderung, das Neue und all die Angst, die sich damit in ihr Leben geschlichen hatte, in ein Leben, das vielleicht nicht makellos schön gewesen war, aber dennoch alles, was sie kannte.

Nun kannte sie nichts und niemanden mehr.

Sie half ihrer Mutter, ihr Bett aus dem Keller hochzutragen und zusammenzuschrauben. All ihre Möbel standen im Keller, und erst nach und nach würden sie ihren Platz in Mirrors End finden.

Elizas Bett war das Erste, das den seinen bekam.

Sie stellte es in den Turm mit den bunten Fenstern, und auch wenn ihre Mutter meinte, das könne sie doch auch noch am nächsten Morgen machen, holte sie noch das kleine Regal, das ihr als Nachtschränkchen diente, und füllte es mit Büchern, die sie in der Tasche mit sich herumgeschleppt hatte.

Sie mochte keine Räume ohne Bücher. Sie fand, das machte Räume traurig.

Kapitel 2

LICHT UND SCHATTEN

Man sagt, Träume, die man in der ersten Nacht in einem neuen Heim hat, werden wahr.

Eliza Willows erinnerte sich nicht daran, was sie geträumt hatte.

Was ein Glück war. Oder ein Unglück, denn schließlich konnte Träumen beides anhaften.

Kurz fragte Eliza sich, welche Geheimnisse der Speicher wohl hütete, doch dann hatten sie das Bett ihrer Mutter zusammengeschraubt und sich noch zu einer Tasse Tee auf den Boden des Wohnzimmers gesetzt, genau vor den Kamin, in dem ihre Mutter ein kleines Feuer entfacht hatte – ein Feuer, das der Nacht gerade genug von ihrer Dunkelheit stahl, um den Eindruck von Gemütlichkeit zu erwecken.

»Warum heißt das Haus eigentlich Mirrors End?«

Irgendwann hatte Eliza diese Frage gestellt, hatte sie einfach stellen müssen.

Zu sehr klang der Name nach einer Geschichte.

Ihre Mutter hatte nur mit den Schultern gezuckt.

»Ich weiß es nicht. Ich glaube, es gab hier eine Frau, die Spiegel sammelte.«

Eliza nickte enttäuscht und bald darauf war sie ins Bett gegangen.

Das Haus hatte immer noch geflüstert und gewispert - knirschend, knarzend, quietschend, heulend. Unter ihre Decke hatte sie sich gekuschelt, ganz fest und sie bis zur Nasenspitze hochgezogen.

Doch obwohl sie müde war, hatte sich der Schlaf lange Zeit nicht einstellen wollen, und als er kam, war er nicht sonderlich tief und, zumindest soweit sie sich erinnern konnte, traumlos.

Erst mit dem Nebelmädchen kam die Erinnerung an jene erste finsterdunkle Nacht zurück, die Erinnerung daran, dass Eliza erwacht war, einfach so, und sie in der Dunkelheit ein Mädchen gesehen hatte, direkt neben ihrem Bett, blass und mit Augen voll Traurigkeit.

So aber hatte der Morgen diese Szene weggespült, so wie es manchmal die Art des Morgens war und Elizas Tag war voller Möbel und Kisten gewesen, für die und deren Inhalt es einen Platz zu finden galt.

Mit jedem Buch, das sie in ein Regal stellte, jedem Teil von Besteck und Geschirr, das sie in der Küche einsortierte, verschwand die Dunkelheit, die ihr Herz umklammert hatte, denn im Tageslicht sehen die Dinge immer gleich völlig anders aus als in der Nacht und die Angst verliert in der Helligkeit ihre furchterregende Kraft.

Eliza und ihre Mutter lachten gemeinsam, als sie sich mit den Kissen bewarfen, die sie eigentlich nur hatten auf das Sofa legen wollen, das nun neben dem Kamin stand. Es war ein Lachen, das vielleicht zu laut war, aber es vertrieb auch noch die letzten Reste der Schatten, die sich um sie beide gelegt hatten. Wie lange hatten sie nicht mehr gemeinsam gelacht?

Während sie die Schränke im Wohnzimmer einräumten, erzählte Margaret Willows Eliza eine Geschichte, wie sie es auch früher immer getan hatte, wild und frei und gedankenwirr, wie spontan ausgedachte Geschichten eben waren, und Eliza spann sie fort, bis es ein glückliches Ende gab, wie es sich für Geschichten gehörte, die man erzählte, um Dunkelheit und Kälte aus Herzen zu vertreiben.

Mit der Nacht aber kehrte die Dunkelheit zurück, und als Eliza in ihrem neuen Zimmer saß und aus dem Erkerfenster sah, unter das sie ihren Lesesessel mit der kleinen, glasblumenverzierten Stehlampe aufgestellt hatte, stellte sie fest, dass es kaum Sterne gab, weniger noch als in der Stadt mit all ihren Lichtern. Sie schob es auf Wolken, die gewitterschwarz den Himmel verhangen, doch hielt diese Erklärung in ihr nicht lange stand, war doch den ganzen Tag über kein Wölkchen am Himmel zu sehen gewesen, und wieder gab es nur ein Wort, das diese Nacht zu umschreiben vermochte: finsterdunkel.

Kapitel 3

EIN GESICHT IN DER NACHT

Eliza schlief nicht gut in dieser Nacht. Immer wieder wachte sie auf, und es half auch nichts, zu lesen. Egal, wie oft sie zum Bücherregal neben dem Bett griff, um ihm wieder und wieder ein neues, ein anderes Buch zu entnehmen, in der Hoffnung zwischen den Buchstaben ein wenig Zerstreuung zu finden – es half nichts. Nicht einer ihrer alten Freunde half, denn manchmal konnte man die Welt nicht aussperren, in manchen Momenten brachte es nichts, zu versuchen, sich zwischen Buchdeckeln zu verkriechen, denn es gab Augenblicke, da kroch die Wirklichkeit selbst in Bücher – in Bücher und Träume. Freilich ahnte Eliza nichts davon, da gab es nur dieses unbeschreibliche und ungreifbare Gefühl, einer bösen Vorahnung gleich, als Bilder von Spiegelscherben durch ihre Träume blitzten, Bilder von schwarzen Schemen und glühend heißem Feuer. Töne, die wie hämmernder Herzschlag waren; Schreie, schrill und panisch und so laut, dass sie davon hochschreckte. Das Herz so wild schlagend, dass es ihr den Atem nahm, das Haar schweißnass an der Stirn klebend, starrte sie in die Dunkelheit, in der das Mondlicht bunte Glasschatten an die Wände warf.

Nur langsam beruhigte sie sich, doch gerade, als sie mit einem leisen Seufzer in die Kissen zurücksinken wollte, sah sie es.

Eliza Willows sah ein Gesicht in der Nacht.

Direkt neben ihrem Bett, in der Luft. Schemenhaft spiegelte es sich in den mondbeschienen Buntglasscheiben, wie Nebel, den man in eine Form gegossen hatte.

Nebel - mit Mund, Nase, Augen und Ohren, umrahmt von dunkelgrau schattierten Korkenzieherlocken, die seitlich von zwei blassweißen Schleifen gehalten wurden.

Alles in diesem Gesicht war grau und wirkte wie von Schatten in die Nacht gemalt - nur die Augen nicht. Die Augen hatten die Farbe von Meeresleuchten und Himmelssehnsucht, grüngold und silberblau.

Für einen Moment trafen sich ihre Blicke und voller Unglauben sah Eliza, dass das Gesicht aus Nebel weinte.

Eine einzelne Träne rann die blassgraue Wange herunter, goldglänzend wie ein kleiner Stern, und für einen Moment war ihr, als ob die Nacht noch ein Stückchen dunkler wurde.

Hätte Eliza geahnt, dass dem tatsächlich so war, dass das Mädchen aus Nebel Tränen aus Sternen gebar, sie wäre ihm vielleicht nicht gefolgt, wäre niemals die Treppe zum Speicher hinaufgestiegen.

Nie hätten ihre Ohren dann vom Schmied gehört, nie vom Friedhof der Spiegel. Aber Ahnungen ließen die Menschen oft im Stich, und waren sie doch da, dann so blass, dass man sie mitunter nicht einmal bemerkte.

So schlug Eliza Willows die Bettdecke beiseite und stand auf, als das Gesicht des Mädchens neben ihrem Bett verschwand, nur um einen Wimpernschlag später wieder aufzutauchen, inmitten des Zimmers. Schritt um Schritt folgte Eliza der Gestalt aus Nebel, bis zum Fuße der Treppe.

Dort zögerte sie kurz.

Das Gesicht schwebte über ihr, und im fahlen Mondlicht, das durch das Erkerfenster floss, konnte sie sehen, dass es zu einem Mädchen gehörte, in einem weiß-blassgrauen Kleid, dessen spitzenbesetzter Saum ihm bis an die Knöchel ging. Wie eine Erinnerung an Tüll wirkte es und fiel auf schattendunkle Schuhe, die hier und da glänzten, als wäre ihr Leder einst poliert gewesen.

Wäre sie ein Mensch aus Fleisch und Blut gewesen, und nicht nur ein Mädchen aus Nebel und Schatten, Eliza hätte sie vielleicht auf zwölf Jahre geschätzt. So aber, mit den Augen aus Meeresleuchten und Himmelssehnsucht, wirkte sie älter.

Wie alt, vermochte Eliza nicht in Worte zu fassen.

Das Mädchen sah sie an, und wieder kullerte eine goldglänzende Träne an ihrer Wange hinab, und wieder überkam Eliza das Gefühl, dass die ohnehin schon finsterdunkle Nacht noch tiefer wurde, tiefer und kälter.

Dann war die schemenhafte Gestalt mit einem Male verschwunden. Gerade eben hatte sie noch vor der alten Holztür mit dem Messingknauf geschwebt, die schwarz beschuhten Füße dicht über der Treppenstufe, dann war sie fort.

Für einen Moment, einen Herzschlag nur, zögerte Eliza, dann folgte sie dem Mädchen, das doch nur ein Traum sein konnte, ein schlafwandlerisches Bild in finsterdunkler Nacht.

Aber als Eliza Willows in jener Nacht das erste Mal den Speicher betrat und von einer Melodie begrüßt wurde, traurig wie sterbende Herbsttage, gespielt von Staub und Licht – ja, Licht, denn der Speicher war von einem seltsamen, silberdunstigen Licht durchflutet - wusste sie, dass es kein Traum war.

Kapitel 4

EIN NAME, DREIMAL GESPROCHEN

Es gab nicht viel auf dem Speicher. Von dem Nebelmädchen war nichts zu sehen. In einer Ecke stand ein Schaukelstuhl, aus dessen Rückenlehne Stücke der Stäbe gebrochen waren, deren Reste wie schiefe Zähne in die Dunkelheit ragten, und davor lag ein aufgeschlagenes Buch, dem sich Eliza, ohne weiter darüber nachzudenken, sofort näherte.

Es war ein Fotoalbum.

Die Seiten waren vergilbt und rissig, und an allen Ecken und Kanten fehlten schon Stücke in dem ausgetrockneten, brüchigen Papier. Es gab kleine Löcher in den Seiten, wahrscheinlich von einem Bücherwurm und hier und da wirkte es, als hätten auch kleine Mausezähne ihren Teil von dem Buch genommen. Das wenige, was vom Einband am Rand zu sehen war, ließ darauf schließen, dass das Buch einst in dunklen Samt eingeschlagen war, doch auch der war ausgefranst und zum Teil nicht mehr als feiner, im Silberlicht des Speichers glitzernder Staub.

Das Einzige, was von all dem unberührt schien, auf dem nicht einmal ein Körnchen Staub lag, war die Fotografie, die in der Mitte der rechten Seite des aufgeschlagenen Buches aufgeklebt worden war, eine Schwarz-Weiß-Aufnahme mit Passepartout.

Ein Mädchen war darauf zu sehen, vielleicht zwölf Jahre alt. Aufrecht stand es da, gekleidet in ein weißes, knöchellanges Kleid, das an der Taille von einer Schleife gerafft wurde. Die weiß bestrumpften Füße steckten in schwarzen Schuhen, die von einer Schnalle gehalten wurden.

Das Haar des Mädchens war lang und fiel in dunklen Korkenzieherlocken über ihre Schultern, an jeder Seite gehalten von einer Schleife und umrahmte ein schmales Gesicht, aus dem glücklich strahlende Augen in die Kamera lächelten.

Selbst auf der grauen Fotografie wirkten sie nicht farblos, sie leuchteten im Schwarz und Weiß des Bildes, wie sie auch zuvor in der Dunkelheit des Zimmers geleuchtet hatten, denn das Bild zeigte niemand anderen als das Nebelmädchen, dem Eliza bis hierher gefolgt war.

Unter dem Bild stand ein Name, die Tinte, vielleicht einst kräftig und schwarz, nun verwässert und blass, aber immer noch lesbar.

Moira Reeves stand dort in geschwungenen Lettern geschrieben.

Und ehe sie sich versah, sprach Eliza Willows diesen Namen laut aus.

Drei Mal.

Einmal, um ihn zu wecken.

Einmal, um ihn an sich selbst zu erinnern.

Und einmal, um ihn zu rufen.

Sie dachte sich nichts dabei, wie man manchmal eben Dinge einfach so tut, und sich im Nachhinein erst darüber klar wird, wie bedeutsam sie waren oder wie falsch es gewesen war, dass man nicht darüber nachgedacht hatte.

So aber floss der Name in die Nacht.

Drei Mal.

Und kaum hatte die letzte Silbe ihre Lippen verlassen, kniete das Mädchen aus Nebel vor ihr, einem Spiegelbild gleich, auf der anderen Seite des Fotoalbums.

Ihr Körper berührte den Boden nicht und kein Stäubchen wirbelte auf, als sie sich sachte bewegte.

Eliza konnte sie nur anstarren. Fahrig tastete sie mit der einen Hand nach ihrem Arm, um sich zu kneifen, doch auch als der kurze Schmerz verebbte, war das Mädchen noch da.

»Wer bist du?«, flüsterte es, die Stimme kaum lauter als der Schatten einer solchen.

»Eliza«, würgte Eliza irgendwie hervor. »Eliza Willows.«

Das Mädchen schaute sie mit geneigtem Kopf an, in den grüngoldenen, silberblauen Augen ein Ausdruck von zeitloser Traurigkeit.

»Ich bin«, begann sie, nur um sich gleich wieder zu verbessern, »ich war Moira Reeves.«

»Ich habe von dir geträumt.« Eliza erinnerte sich der ersten Nacht in Mirrors End.

Das Nebelmädchen schüttelte den Kopf. »Das war kein Traum. Du hast mich gesehen.« Der Klang von Glück lag in der Stimme, die sanft wie Nieselregen war.

Und weil es in finsterdunklen Nächten manchmal Dinge gab, die man nicht erklären konnte, fand Eliza Willows in diesen Sekunden eine Freundin, die nicht aus Papier und Druckerschwärze, sondern aus Nebel war.

Kapitel 5

ALTE GESCHICHTEN, …

Manchmal ist die Welt aus Eis und Häuser haben ihren eigenen Herzschlag. Die Zeit, in der Moira Reeves einst gelebt hatte, war so gewesen.

Als sie zur Welt gekommen war, hatte ein Krieg getobt, wie es zu jeder Zeit Kriege gab, angezettelt von Machthungrigen und Gierigen, bezahlt von einfachen Menschen.

Moiras Eltern hatten zu jenen gehört, die diesen Krieg mit ihrem Leben bezahlten, und so kam das kleine Mädchen in die Schmiede. Dorthin brachte man alle Waisen oder solche Kinder, die Waisen zu sein schienen, weil niemand nach ihnen fragte. Jene, die nicht wussten, ob ihre Eltern noch lebten, hofften, dass jemand kam, sie zu holen, doch dies geschah nur selten. Die Zeiten waren hart und die Nahrung knapp.

So blieben die Kinder an jenem Ort, der später Mirrors End heißen würde, später, nach dem Schmied und den Spiegeln.

Doch bis dahin würde noch eine Weile vergehen, und so trug das Haus einen Namen, den niemand mehr aussprach, aus Angst, die Vergangenheit zu wecken.

Auch als Moira, die jetzt auf ihre schwebende Art und Weise in dem Schaukelstuhl Platz genommen hatte, Eliza ihre Geschichte erzählte, nannte sie diesen Namen nicht - ihn nicht, und auch nicht den des Schmiedes, der damals mit eiserner Hand über die Kinder herrschte.

Aber noch ehe diese Geschichte zur Sprache kam, die, das sollte Eliza bald feststellen, keine schöne war, saßen die Mädchen, die gerade einander ihren Namen genannt hatten, als wäre er das größte Geheimnis, das sie besaßen, sich gegenüber, stumm vor Staunen.

Die eine, weil sie wirklich und wahrhaftig einem Geist gegenübersaß.

Die andere, weil sie niemals zuvor gesehen worden war, seit die Ereignisse sie in Staub und Nebel gehüllt hatten.

Erst nach einer Weile wagte Eliza, das Schweigen zu brechen, durch das die ganze Zeit die seltsam melancholische Melodie einer unsichtbaren Spieluhr geklungen war.

»Was bist du?«, fragte sie und kam sich furchtbar dumm vor, keine andere Frage stellen zu können.

Das Nebelmädchen betrachtete eingehend ihre schemenhaften Hände, dann sagte es: »Ich weiß es nicht. Vielleicht ein Geist, vielleicht nur ein Schatten oder ein nicht endender Traum.«

Die traurig leuchtenden Augen schauten hinauf, dorthin, wo ein Fenster das Dach durchbrach und ein Stück fast sternenlose Nacht hineinließ.

Eliza Willows sah sie nur fragend an, als Moira zu erzählen begann.

Von dem Haus und dem Schmied, dessen Hämmern wie ein Herzschlag war. Von den Kindern, die verschwanden. Von den Träumen, die in eisernen Gläsern tanzten. Und von den Spiegeln, die alles zerbrachen.

»Zu jener Zeit«, begann das Mädchen, dessen Stimme nun glatt wie Samt klang, »war dieses Haus ein dunkler Ort, und so sehr Sonne, Mond und Sterne auch schienen, nie erhellten sie den Himmel. Immer blieb er schwarz vom Ruß, der aus dem Kamin der Schmiede stieg, die sich hier einmal befand.

Alle hatten in der Schmiede zu helfen, Mädchen wie Jungen, Kleinkinder und Heranwachsende. Passierte ein Missgeschick, ging einem Kind das Feuer aus oder warf es den Eimer mit dem kühlenden Wasser um, schlug der

Schmied zu. Mit der Hand, dem Gürtel, dem Schuh, was gerade in Reichweite war. Manchmal war es auch das glühende Eisen oder der schwere Schmiedehammer.

Immer aber, wenn sich der Mond als voller Kreis in klaren Wassern spiegelte, verschwand ein Kind. War es am Abend noch da gewesen, blieb sein Lager am Morgen leer. Fragen und Vermutungen wurden vom Schmied genauso zunichtegemacht wie die Bemühungen, zu suchen.

»Weggelaufen«, war das Wort, das er uns als Antwort und Erklärung zugleich entgegenspie. Aber wir Kinder erkannten die Lüge, wir wussten, dass niemand der Schmiede entkommen konnte, doch wir fragten nicht weiter, wir nicht, und auch niemand sonst. Keiner vermisste die Kinder aus der Schmiede und keinen scherte es, was aus ihnen wurde. Nicht einen wunderte es, dass niemals ein Kind die Schmiede als Erwachsener verließ.

Nur wir wussten, dass es nie ein Kind gegeben hatte, das in der Schmiede erwachsen geworden war, nicht eines.

Einzig, dass weiterhin Kinder verschwanden, sahen wir, und dass der Schmied blieb, Jahr um Jahr um Jahr.

Von den Träumen wussten wir nichts, ebenso wenig wie von den Zaubern. Keines von uns träumte bewusst, denn zu müde waren wir am Abend, als dass wir die Bilder unseres Geistes bei Nacht hätten sehen können.

Erst als Rosies Mutter kam, erfuhr ich alles.

Sah Dinge, in denen Träume schliefen, die tiefen Träume, die das Leben waren. Träume, die der Schmied sammelte, gefangen in aus Eisen geschlagenem Glas.«

Moiras Augen verloren sich abermals in dem sternenlosen Stück Nachthimmel, dann schaute sie wieder zu Eliza, die wie gebannt an ihren Lippen hing. So viele Fragen lagen ihr auf der Zunge, doch sie stellte keine einzige, denn mit dem Fragen sollte man immer bis zum Ende einer Geschichte warten.

Das Nebelmädchen fuhr fort, und Wort für Wort wurde der graue Stoff, aus dem sie gewoben war, dunkler.

»Es verschwanden also Kinder. Viele Kinder, brave und freche, kleine und große, und wir alle nahmen es hin, hoffend, nicht der oder die Nächste zu sein, betend, dass es nicht den Freund oder die Freundin traf, die man hier gefunden hatte.

Echte Freunde waren selten in jenen Tagen. Nur Lügen und Heuchelei und Verrat, die gab es oft, denn einer Petze wurde oft eine Strafe erspart, und Angst ist ein guter Zungenlöser. Die Angst hat auch mich zur Verräterin gemacht, und meine Feigheit nahm mir beim nächsten Vollmond Rosie fort, meine Rosie, die einzige Freundin, die ich je hatte.

Ich weinte bittere Tränen aus Schuld und Traurigkeit, aber keine meiner Tränen brachte Rosie zurück, meine Rosie, die nie die Hoffnung aufgegeben hatte, dass es jemanden gab, der nach ihr suchte.

Ich spüre es, sagte sie immer, und ich habe ihr geglaubt.

Am Ende hatte sie Recht.

Jemand kam und klopfte an die Tür der Schmiede und fragte nach Rosie.

Klein war die Frau, blond und zierlich, wie Rosie, nur eben älter.

Der Schmied sagte auch ihr, was er uns stets weismachte, nur jenes eine Wort, das eine Lüge war. »Weggelaufen.«

Aber sie glaubte ihm nicht.

Sie sah ihm nur fest in die Augen, und wie sie so sehr starrte, sah ich es auch.

Die Augen des Schmiedes. Wir konnten Rosie darin sehen.«

Kapitel 6

… GEWEBT AUS DUNKELHEIT

Die Schatten, die den Nebel in Moiras Innerem durchwebten, waren bei den letzten Worten dichter und dichter geworden. Nach Kummer sahen sie aus und nach Angst, Schmerz und Schuld, ja, sie sahen genauso aus, wie sich Eliza dunkle Erinnerungen stets vorgestellt hatte, Erinnerungen, an die man eigentlich nie mehr hatte denken wollen.

»Niemand von uns«, erzählte das Nebelmädchen weiter, »weder Rosies Mutter, denn niemand sonst war diese Frau, noch ich, begriffen in diesem Augenblick das Grauen, das in der Schmiede lebte. Was wussten wir auch schon? Vieles, sicher, aber dennoch nichts. Wir wussten nichts von der unendlichen Jagd der Zeit und der Kraft der Träume, und wir kannten keinen der schwarzen Zauber, mit denen der Schmied sich die Träume zunutze machte, um der Zeit zu entkommen.

Aber ich erfuhr es, denn auch wenn Rosies Mutter an diesem Tag mit geneigtem Haupt die Schmiede verließ – sie ging nicht für immer.

Sie kehrte schon am nächsten Tag zurück und fing mich bei den Weiden ab, bis zu denen wir gehen laufen durften.

Du hast sie auch gesehen, flüsterte sie, den Blick aus den braunen Augen starr auf mich gerichtet.

Zuerst sträubte ich mich, wollte mich von ihr fortreißen, aber ihr Griff war so eisern wie die Dinge, die der Schmied im Feuer schuf.

Du hast sie auch gesehen!, wiederholte sie und fügte hinzu: *Rosie. Du hast sie auch gesehen, in seinen Augen.*

Ich nickte, aber ich glaube, ich schüttelte auch zugleich den Kopf, denn es war doch nicht möglich, oder? Ich meine, Rosie – sie konnte doch nicht in den Augen des Schmiedes gewesen sein.

Doch mein Nicken war Rosies Mutter genug, sie ließ mich los und verschwand ohne ein weiteres Wort zwischen den hängenden Ästen der Weiden.

Die nächsten Tage und Wochen sah oder hörte ich nichts von ihr, und schon bald dachte ich, sie wäre genauso fort, wie Rosie es war.

Rosie fehlte mir.

Jeden Abend schloss ich sie in mein Gebet ein, und jeden Abend bat ich im selben Atemzug um die Vergebung der Schuld, die ich auf mich geladen hatte. Aber Rosie kam nicht zurück, und die Tage in der Schmiede zerflossen. Weiterhin verschwanden Kinder.«

Erneut schwieg Moira für einen Moment, und wieder wanderte ihr Blick hinauf in den Himmel. Der Mond schien nun direkt durch das Glas des Dachfensters und färbte das Nebelmädchen dunkelsilbern.

»Eines Tages aber«, setzte Moira schließlich fort, »kehrte Rosies Mutter zurück. Wie beim ersten Mal fand sie mich bei den Weiden. Blass war sie, mit tiefschwarzen Ringen unter den Augen, und mager, als hätte die Schwindsucht sie befallen. Nur ihre Augen glühten, wie im Fieber.

Ich weiß, was er tut, flüsterte sie eindringlich. *Ich weiß, wieso Rosie in seinen Augen war. Ich weiß es. Er stiehlt ihre Träume. Verleibt sie sich ein, verlängert sein verfluchtes Leben damit.* Wie im Wahn sprach sie, schnell und beinahe atemlos.

Ich konnte nur dastehen und sie anstarrten, verstand nicht ein Wort von dem, was sie sprach. Eigentlich wollte ich ihr auch nicht zuhören, ich fürchtete mich gar vor ihr, vor den wilden Augen und den sinnlos scheinenden Worten.

Aber ich blieb, denn sie war Rosies Mutter, und Rosie war meine Freundin gewesen. Und sie erklärte mir die Dinge, bis ich sie verstand.

Träume sind der Schlüssel zum Leben, und ein jeder Traum, eine jede Sehnsucht, ein jeder noch so kleine Wunsch, waren ein Stückchen Zeit, geboren auf dem Trödelmarkt der Träume. Jenem Ort, an den es den Geist bei Nacht verschlägt, wo er Ablenkung und Zerstreuung findet, Kraft und Geborgenheit, aber auch Schrecken, die ihn aufwecken. Jede Nacht kehrt unser Geist dort ein, kauft ein und schlendert, tauscht und lässt liegen, was nicht mehr nötig ist.

Manchmal bemerken wir es, dann zeichnet der Geist uns Bilder, gemalt aus den Farben unserer Herzenswünsche. Es sind die Träume, die unserem Leben Energie geben. Sie sind es, die uns Unmögliches schaffen lassen, sie sind es, die uns antreiben. Und eben jene Träume, erzählte Rosies Mutter weiter, machte sich der Schmied zu eigen, mit Schwarzer Magie. Jene Träume verleibte er sich ein, sog ihre Macht in sich auf, zwang die Zeit so Stückchen für Stückchen in die Knie. Er raubte den Kindern die Träume und träumte sie an ihrer statt, und jeder Traum schenkte ihm etwas Lebenszeit. Deswegen, so schloss Rosies Mutter, hatten wir Rosie sehen können. Es war ihr Traum gewesen, den er gerade geträumt hatte, ihr Leben, das hinter seinen Augen getanzt hatte.

Kein Wort glaubte ich ihr, nicht eines, und so lief ich fort von ihr, doch vor den Worten, die sie mir nachrief, konnte ich nicht davonrennen.

Achte auf seine Augen, schrie sie mir hinterher. *Achte auf seine Augen, und du wirst sie sehen!*

Und ich sah. Ich sah es wirklich. Als ich dem Schmied das nächste Mal in die Augen sehen musste, sah ich ihn, Jimmy, den Jungen, der gerade erst beim letzten Vollmond verschwunden war.

Er war da, in den Augen des Schmiedes, und zum ersten Mal begriff ich, dass der Schmied in all den Jahren nicht einen Tag älter geworden war.

Am nächsten Morgen lief ich wieder zu den Weiden, ganz früh schon, vor dem ersten Hahnenschrei. Ich wartete, bis Rosies Mutter kam, und dass sie kam, stand außer Frage, denn sie wusste, dass ich kommen würde. Und so erschien sie, kurz, nachdem die Nacht dem Tag Platz gemacht hatte, in jener Stunde, in der sich die Wirklichkeit wie Schattenschemen in der Welt zeigte.

Du hast es gesehen, stellte sie fest und ich nickte bloß.

In ihren Augen machte sich Erleichterung breit und sie ließ sich an dem Stamm der Weide nieder und forderte mich auf, es ihr gleich zu tun.

So saßen wir nebeneinander, und sie erzählte mir mehr von dem Wesen der Träume, die alles sein konnten, scheinbar nichtig und klein, manchmal überwältigend und groß, aber immer wichtig. Sie erzählte mir, dass es Magie gab, Rituale, die eben diese Träume raubten.

Und ich erzählte ihr von Rosie.

Alles erzählte ich ihr.

Dass Rosie Angst im Dunkeln gehabt hatte.

Dass sie nie aufgehört hatte, daran zu glauben, gesucht zu werden.

Ihre Sommersprossen beschrieb ich genau wie ihr strahlendes Lachen.

Wirklich alles erzählte ich ihr, nur nicht, dass ich es war, die Schuld hatte. Ich hatte dem Schmied gesagt, es sei Rosie gewesen, die den Eimer umgestoßen hatte. Rosie, nicht ich, die es gewesen war.

Ich sagte es ihr nicht, weil ich Angst hatte, dass sie ging und nicht mehr wiederkehrte, dass sie mich hasste, wegen der Tochter, die ich ihr genommen hatte.

Sie aber erzählte mir alles.

Wie Rosie ihr fortgenommen worden war, von Menschen, die dachten, die könnten besser für sie sorgen als ihre Mutter, die bettelarm war.

Wie sie Rosie gesucht hatte und schließlich zur Schmiede gekommen war, an den Ort, an den alle Kinder gebracht wurden. Und von ihrem Plan erzählte sie mir. Von den Spiegeln, die den Schmied zerbrechen würden, von den Kindern, die wir retten könnten.

Nur den Preis, den all das kosten würde, den nannte sie nicht.

Vielleicht, weil sie es selbst nicht wusste. Vielleicht, weil sie meinen Verrat längst in meinen Augen gesehen hatte.«

Kapitel 7

KELLERZAUBEREIEN

Aus den Augen, die wie Meeresleuchten und Himmelssehnen waren, fiel eine Träne, und dieses Mal war Eliza sicher, dass es draußen dunkler wurde, obwohl doch der Morgen schon beinahe anbrach und Moiras Gestalt trotz der traurigen Schatten von Minute zu Minute durchsichtiger und schemenhafter wurde. Sie war sich sicher, weil am Himmel genau in diesem Moment ein Stern erlosch.

Der Blick des Nebelmädchens folgte dem ihrem.

Eliza dachte, dass nun eine Erklärung folgen würde, aber dem war nicht so. Stattdessen fuhr Moira einfach fort, als hätte sie nie geweint, als wäre nie am Himmel ein Stern einfach so verblasst.

»Sie erzählte mir also von ihrem Plan und bat mich, ihr zu helfen. Und wie hätte ich Nein sagen können, nach all dem, was ich getan hatte? So willigte ich ein.

Bald darauf begann Rosies Mutter als Haushälterin in der Schmiede zu arbeiten, wie sie es geplant hatte. Der Schmied erkannte sie nicht, als ich sie mit klopfendem Herzen zu ihm führte und vorstellte, und wenn doch, ließ er sich das nicht anmerken. Ich glaube aber, dass er sie wirklich nicht erkannte. Wie dem auch gewesen sei – sie arbeitete von diesem Tag an in der Schmiede, kochte und beaufsichtigte uns Kinder, und auch das Angebot des Schmiedes, eine Kammer im Haus zu beziehen, nahm sie an. Sie bat ihn jedoch darum, eine Ecke im Keller nutzen zu dürfen, für einige Dinge, die sie sonst nirgends unterstellen konnte. Nichts Wertvolles freilich, nur – Erinnerungen eben. So drückte sie sich aus, und tatsächlich erlaubte der Schmied ihr, einen Winkel im Keller zu benutzen.

Er brauche den Keller ohnehin nicht, sagte er, und es stimmte. Niemand betrat ihn. Nur Rosies Mutter. Sie trug Kisten hinunter, in denen es geheimnisvoll klirrte. In Stoff eingeschlagene große, flache Rechtecke, offensichtlich Bilder und schwere Säcke, die fest und nachgiebig zugleich waren. Der Schmied beobachtete das alles, doch nicht in eine Kiste sah er hinein, nicht von einem Bild riss er den Stoff ab und auch der Inhalt der Säcke interessierte ihn nicht. Uns Kinder dafür umso mehr, und die wagemutigsten schlichen sich heimlich in den Keller, denn auch das war, wie so vieles, verboten.

Doch unter den Dingen, die Rosies Mutter mitgebracht hatte, waren nicht sonderlich viele Spannende. In den Säcken war nur feiner Sand. Die Bilder waren keine, sondern nur leere Leinwände in schlichten, hölzernen Rahmen. Und die meisten Kisten enthielten nur Gläser und Phiolen mit Kräutern, Pulvern und Flüssigkeiten.

Nur in einer befand sich etwas, dass die Herzen der anderen Kinder hatte höherschlagen lassen. Allerlei Krimskrams war in ihr – wahre Schätze für Kinder wie uns. Da gab es altes Spielzeug, zerlesene Bücher und hier und da ein Stück Kinderkleidung, aber niemand wagte es, die Sachen auch nur anzufassen, geschweige denn, an sich zu nehmen. Der Schmied erlaubte nicht, dass wir etwas besaßen, und so verlor der Schatz für uns an Wert.

Im Stillen vermutete ich, dass es Dinge waren, die einst Rosie gehört hatten, doch ich irrte. Von all den Sachen hatte nur eine einzige kleine Lumpenpuppe ihr gehört. Bald schon verloren die anderen Kinder ihr Interesse an dem Keller und sie genossen es, Rosies Mutter um sich zu haben. Die Schmiede schien mit ihr ein besserer Ort zu sein. Da war plötzlich jemand, der still und heimlich unsere Tränen trocknete, wenn der Schmied wieder zugeschlagen oder geschrien hatte, denn manchmal taten Worte beinahe noch mehr weh als Schläge. Schläge verblassten irgendwann, aber Worte hatten die Macht, sich in Herzen zu fressen. Rosies Mutter hörte zu und ließ uns gewähren, wenn wir den Schmied mit leisen, kindlichen Flüchen beluden.

Und der Schmied? Jener grausame Tyrann, den wir alle so hassten? Er ließ zu, dass wir jemanden hatten. Er ließ zu, dass die Jüngsten sie irgendwann Mama nannten und die Älteren dachten, sie könnte verhindern, dass ein weiteres Kind verschwand.

Doch das konnte sie nicht. Natürlich nicht. In der nächsten Vollmondnacht war es Elsie, eine der Kleinsten, die am Morgen fortblieb. Rosies Mutter weinte bittere Tränen, aber ich konnte nur denken: nicht ich. Dem Herrn im Himmel sei Dank, nicht ich.

Die Angst ist ein Verräter, das habe ich in dieser Zeit gelernt.

Nacht für Nacht aber verbrachte Rosies Mutter im Keller, und meistens war ich bei ihr, wie ich es versprochen hatte.«

Moiras Blick huschte über den Speicher, hin zur Treppe, als hätte sie Angst, dass jeden Moment jemand dort erscheinen könne. Als nichts geschah, wandte sie sich wieder Eliza zu: »Ich weiß nicht mehr sicher, was genau wir taten. Wir mischten den Sand mit verschiedenfarbigen Pulvern, zerstießen getrocknete Kräuter und fügten sie gemeinsam mit wundersam fremd riechenden Flüssigkeiten dazu, und diese Masse, die silbrig glänzte wie der Mond, gossen wir über die weißen Leinwände und strichen sie glatt, bis sie wie eine zweite Haut auf der

Fläche lag, glatt und glänzend. Sobald dies geschehen war, schickte Rosies Mutter mich fort, sagte, ich möge mich schlafen legen, und müde, wie ich war, tat ich es.

In der nächsten Nacht lag dann ein neues, leeres Bild da, das vorherige stand abgedeckt an einer anderen Stelle.

So ging es lange.

Nichts Aufregendes geschah.

Nur weitere Kinder verschwanden, und jedes Mal sah ich ihre Augen in denen des Schmiedes.

Wir arbeiteten weiter im Keller.

Manchmal wunderte ich mich, dass der Schmied uns nicht zur Rede stellte. Dass keines der Kinder uns ausspionierte. Doch nichts dergleichen geschah.

Wir redeten nicht viel. Manchmal murmelte Rosies Mutter etwas vor sich hin, dass ich nicht verstand.

Doch dann, eines Nachts, ich weiß noch, dass der Mond nur eine schmale Sichel am Himmel war, wie ein breites Lächeln, fragte Rosies Mutter mich, wovon ich träumte. Zuerst war ich verwundert und wusste nichts mit der Frage anzufangen. Ich erinnerte mich an keinen meiner nächtlichen Träume, und am Tage hatte ich keine Gelegenheit, nachzudenken. Und außerdem – wovon sollte ich träumen? Ich war ein Kind der Schmiede, ein Kind ohne Zukunft. Das sagte ich ihr, aber sie fragte nur wieder: *Wovon träumst du, Moira?*

Und ich dachte nach. Zum ersten Mal dachte ich darüber nach, wovon ich träumte. Und als hätte mein Geist nur auf diese Gedanken gewartet, malte er Bilder für mich, wunderbare, warme Bilder, wie ich sie noch nie zuvor gesehen hatte und ich wusste, dass ich all die Dinge und Momente, die mir die Bilder zeigten, sehen und erleben wollte, wie unbedeutsam und klein sie auch zu sein schienen. Vergessen war die Schmiede und all das Leid, das diese Bilder bislang übermalt hatte. Nur die Bilder zählten, die Bilder, die Träume waren und das eine Wort, das sie alle umschloss.

Dieses eine Wort schleuderte ich Rosies Mutter ins Gesicht, ohne dass ich es aufhalten konnte. Sie lächelte. Es war ein leises Lächeln, eines von der Art, die man nur in den Mundwinkeln erkennen konnte. Es war ein Lächeln, das weder freundlich noch spöttisch war. Es war eher ein erleichtertes Lächeln, mit einem leichten Gram im Hintergrund. So, als ob ich mit diesem Wort etwas gegeben hatte, das ihr noch fehlte. Wie das fehlende Teil zu einem Puzzlespiel.

Leben, wiederholte sie schließlich das Wort.

Ich nickte. Ja, ich wollte leben. Abseits der Schmiede, abseits der Schrecken.

Rosie hätte das gewiss auch gewollt, sagte sie und dann schwieg sie den Rest der Nacht. Stattdessen befüllten wir einen weiteren leeren Rahmen mit der mondfarbenen Masse aus Sand. Ich dachte an Rosie und Tränen stiegen mir in die Augen. Nachdem wir das Bild fertig hatten, schickte Rosies Mutter mich mit einer stummen Geste wieder hinauf, aber dieses Mal lief ich nicht einfach die Treppe hoch, dieses Mal blieb ich, einem unguten Gefühl folgend, auf der ersten Stufe stehen und sah, was geschah. Rosies Mutter legte einen Gegenstand in die Kiste mit all den Dingen, die keinen Sinn zu haben schienen. Mir aber kam der Gegenstand seltsam bekannt vor, wie etwas, das man lange vergessen hatte und plötzlich wieder in den Gedanken ist. Aber erst, als ich später auf meinem Strohlager die Augen schloss, wusste ich, was es war. Meine eigene kleine Strickpuppe in ihrem roten Häkelkleid. Ich erinnerte mich an diese Puppe, die früher immer von meiner kleinen Hand gehalten worden war, früher, ehe ich zur Schmiede kam. In diesem Moment wäre ich am liebsten sofort hinunter in den Keller gerannt, um sie zu holen, doch ich wagte mich nicht, denn die Nacht war schon weit vorangeschritten und der Schmied schürte sein Feuer, noch ehe der Morgen graute, und so blieb ich liegen. Die Angst ist auch eine Fesselkünstlerin.«

Kapitel 8

EINE PUPPE, HERZENSWICHTIG

Die Dämmerung ließ Moira in einem sachten rosé schimmern. Sie war fast nicht mehr zu sehen.

»Wirst du verschwinden, wenn es hell wird?«, fragte Eliza, als Moira wieder einen Moment schwieg.

Verwundert sah das Nebelmädchen sie an. »Nein. Ich verschwinde nicht. Das Licht des Tages lässt mich nur unsichtbar werden.«

Ihre Blicke suchten den Morgenhimmel, und als habe sie das blasse rot der Dämmerung an etwas erinnert, sah sie Eliza plötzlich mit ihren goldgrünen und silberblauen Augen an. »Bist du müde? Willst du schlafen? Ich vergesse solche Dinge. Ich bin niemals müde.«

Rasch schüttelte Eliza den Kopf. Um nichts in der Welt hätte sie jetzt ins Bett gehen können, nicht jetzt, wo die Geschichte ihrem sicherlich spannenden Ende entgegenging. Moira lächelte ein mattes, beinahe unsichtbares Lächeln. Ein leichter Schauer lief Eliza über den Rücken, als sie daran dachte, dass Moira bald nur noch eine Stimme sein würde. Doch noch ehe sie der Vorstellung weiter nachhängen konnte, erzählte Moira weiter, und ihre Augen aus Meeresleuchten und Himmelssehnen, füllten sich mit einer weiteren Träne, die jedoch nicht fiel.

Eliza schenkte der Träne in diesem Moment noch keine Bedeutung, aber später würde sie erleichtert darüber sein, dass sie in jener Minute nicht gefallen war, denn eine jede Träne war auch Zeit, aber das wusste sie noch nicht. Zuerst hörte Eliza Willows aber die Geschichte von Moira, die ihr bald eröffnen würde, diejenige zu sein, durch sie sich die Nächte finsterdunkel färbten.

»In der nachfolgenden Nacht wollte ich nach meiner Puppe schauen, aber am Morgen wies Rosies Mutter mich an, an diesem Abend nicht in den Keller zu kommen. Ich solle schlafen und vom Leben träumen, meinte sie, und wieder war da dieses Lächeln. Der Tag verstrich, wie jeder andere in der Schmiede, und als der Abend kam, folgte ich den anderen in den Schlafraum, doch als alle schliefen, schlich ich hinunter, bis in den Keller, so wie ich es Nacht für Nacht zuvor getan hatte. Ich blieb am Fuße der Treppe stehen und wieder beobachtete ich, was Rosies Mutter tat.

Sie stand da, und vor ihr lagen all die Bilder mit dem mondweißen Sand, und sie hielt eine kleine, silberne Flöte in der Hand, in die sie hineinblies. Sie entlockte dem Instrument eine eigenartige Melodie, und wie sie so spielte, geschahen sonderbare Dinge.

Eine Spieluhr, die neben ihr stand und die ich nie zuvor gesehen hatte, begann, sich wie von selbst zu drehen, und auch sie spielte ein Lied, eine leise Melodie, die ich noch heute höre …«

Für einen Moment verlor sich Moira in der Erinnerung, dann jedoch fasste sie sich und fuhr fort: »Aber das wirklich Sonderbare geschah mit den Bildern. Das mondweiße Gemisch veränderte sich. Es wurde glänzend und silbern, und als Rosies Mutter die Flöte wieder sinken ließ, waren all die weiß glitzernden Bilder zu Spiegeln geworden. Ich sah, dass Rosies Mutter lächelte. Dann griff sie nach der Kiste, in der auch meine Puppe stecken musste, und trug sie in Richtung Treppe, genau auf mich zu.

Rasch huschte ich hinauf und kauerte mich in einen Schatten, und so sah sie mich nicht, als sie an mir vorbeiging. Zuerst ging sie nach oben, wo die Kinder schliefen, und dann noch weiter hinauf, bis auf diesen Speicher hier.«

Eliza spürte, dass ihr das Nebelmädchen bei diesen Worten ein trauriges Lächeln schenkte. Sie konnte nur noch die goldgrünen und silberblauen Augen blass leuchtend sehen.

»Sie brachte all die Dinge aus der Kiste hier hinauf und stellte sie auf, ein jedes Stück woanders hin. Ich habe alles von der Tür aus gesehen. Ich wusste nicht, dass sie hier einen Eingang zum Trödelmarkt der Träume schuf, genauso, wie ich nichts davon wusste, was mit den Spiegeln und dem Schmied passieren würde. Zu kompliziert waren die Dinge gewesen, die sie mir einst unter den Ästen der Weide erzählt hatte. Und nie hätte ich gedacht, dass all diese Dinge mir das Leben stehlen würden, dass dies der Preis sein würde für meinen Verrat, von dem Rosies Mutter schon längst wusste. Ich wartete im Dunkeln verborgen, bis sie den Speicher wieder verließ, und als ihre Schritte verklungen waren, schlich ich mich auf den Speicher, in der Hoffnung, auch mein Püppchen dort zu finden. Der Mond stand fast voll an Himmel, in wenigen Nächten würde wieder ein Kind aus der Schmiede verschwinden, unbemerkt vom Rest der Welt.

Ich fand allerlei Dinge hier oben, sah zum ersten Mal all das Spielzeug, das die anderen beschrieben hatten, mit eigenen Augen. So viele Sachen waren es, dass sie unmöglich nur einem Kind gehört haben konnten. Es gab Blechspielzeug unterschiedlichster Art, ein trommelndes Äffchen, ein Küken, ein Kätzchen, das einer Maus hinterherlief. Da waren Autos, rote und gelbe, blaue und grüne. Abgegriffene Schmusetücher aus unterschiedlichsten Stoffen lagen neben einer goldfarbenen Kugel. Murmeln lagen zwischen Lederbällen. Die wunderschöne Spieluhr, die ich schon im Keller gesehen hatte, ein Karussell mit bunt geschmückten weißen Pferden stand in einer anderen Ecke, und dann waren da die Puppen. Beinah eine Seite des Speichers füllten sie aus. Feine Puppen aus Porzellan mit noblen Kleidern. Gestrickte Puppen wie meine und solche, die zwar nur aus Lumpen genäht, aber mit Sicherheit nicht weniger geliebt worden waren. Tausend Dinge gab es, und Hunderte Puppen, aber nirgends fand ich das vertraute Gesicht meiner kleinen Puppe, nirgends leuchtete ein rotes Häkelkleid.

So verließ ich den Speicher unverrichteter Dinge. Doch anstatt mich wieder auf mein Lager zu betten und zu hoffen, noch einmal die wunderbaren Traumbilder zu sehen, lief ich zurück in den Keller, im Stillen darum bittend, mein Püppchen dort zu finden. Vielleicht war es aus der Kiste gefallen, vielleicht lag es irgendwo auf dem Weg nach unten.

So schnell mich meine Füße trugen, huschte ich hinab, bis ich wieder dort war, wo die Spiegel waren. Sie waren nicht abgedeckt, und durch die kleinen Oberlichter spiegelte sich die Nacht in ihnen wider und wider, hin- und hergeworfen zwischen den Scheiben. Genau dort, in der Mitte all dieser Spiegel, lag mein Püppchen. Eines der schwarzen Knopfaugen fehlte, doch was machte das schon? Ich stürmte darauf zu, ließ mich auf die Knie fallen und presste das Püppchen fest an mein Herz, unendlich froh darüber, es wiederzuhaben, obwohl ich es doch all die Zeit nicht vermisst hatte.«

Die blass leuchtenden Augen in den Schatten bewegten sich sachte hin und her, als würde das Mädchen die Puppe in Armen halten.

Kapitel 9

SPIEGELSCHERBEN

Aber das Nebelmädchen hielt in seiner Erzählung nicht inne. »Als ich hochsah, erblickte ich mein Spiegelbild, in jedem der Spiegel, die Rosies Mutter erschaffen hatte. Ich erschrak zuerst fürchterlich und wollte den Blick abwenden, aber für einen Moment war es mir nicht möglich, als würden die Spiegel mich an sich binden. Dann aber konnte ich meine Beine wieder bewegen, und ich rannte nach oben, als wäre der Teufel selbst hinter mir her. Auf der Treppe aber fiel mir ein, dass ich das Püppchen nicht einfach mit in mein Strohlager nehmen konnte. Ein ungutes Gefühl sagte mir, dass selbst Rosies Mutter nicht wissen durfte, dass ich sie hatte. Also überlegte ich mir ein Versteck, und am Ende brachte ich das Püppchen auf den Speicher, wo ich es zwischen all die anderen Puppen setzte.

Erst dann rannte ich zu meinem Lager, wo ich bis zum Morgen mit klopfendem Herzen liegen blieb, bis es Zeit zum Aufstehen war. Doch den Rest des Tages geschah nichts, ebenso wenig wie an den folgenden.

Erst an dem Abend, der eine Vollmondnacht mit sich brachte, rief Rosies Mutter mich zu sich. Sie strich mir über die Wange. *Du musst auf den Speicher gehen, wenn alle schlafen. Dort ruhen die Träume der Kinder, und dort wirst du Frieden finden.*

Ich verstand nicht genau, was sie meinte, aber ich nickte, denn noch bevor ich etwas fragen konnte, sprach sie weiter: *Heute* Nacht *ist es so weit. Die Spiegel werden den Schmied und alle zerbrechen, die Böses hier getan haben. Die Spiegel werden mit ihren Splittern um sich stechen, und kein Kind muss mehr leiden, kein Traum wird mehr gefangen. Alle werden frei sein, alle.* Immer eindringlicher wurde ihre Stimme, doch gerade als ich dachte, der Wahnsinn wäre über sie gekommen, fasste sie sich und lächelte. Es war wieder dieses Lächeln, das ich nie so recht hatte deuten können. Heute weiß ich, dass es böse war.

Und Rosie wird gerächt werden, flüsterte sie und sah mir fest in die Augen.

Ich nickte sprachlos, und als die Nacht anbrach, ging ich auf den Speicher, wie es mir gesagt worden war. Ich nahm mein Püppchen und blätterte in dem Album mit den Fotografien, das Rosies Mutter angelegt hatte. Von jedem Kind hatte sie eine Aufnahme gemacht. *Damit keines mehr vergessen wird*, hatte sie gesagt, *welches auch immer als Nächstes verschwindet.*

Ich gebe zu, dass ich das Bild von mir mochte, und so war es das Letzte, das ich betrachtete, bevor ich nicht mehr so recht weiß, was geschah.

Polternde Schritte hörte ich noch, der Schmied lief durchs Haus, nahm eine Treppe, betrat, so musste es sein, den Keller. Als Nächstes war da das Lied, dann ein Schreien, und danach ein Klirren und Brechen, Scheppern und Bersten. Das war der Moment, in dem die Spiegel starben und der Schmied sein Ende fand.«

Wieder war da ein trauriger Klang in Moiras Stimme. Selbst ihre Augen waren nicht mehr zu sehen.

»Aber es war auch der Moment, in dem ich starb. Zuerst bemerkte ich es nicht einmal, aber dann kam Rosies Mutter zu mir, einen wunderschönen Spiegel in der Hand, mit einem Rahmen aus Blumenranken, an dessen Seite eine kupferne Frau saß, die zu Boden blickte.

Rosies Mutter ließ mich in diesen Spiegel sehen, und ich erblickte, was ich geworden war, Staub und Nebel, Asche und Schatten. Nur meine Augen leuchteten noch.

Fragend sah ich sie an, fragend und flehend.

Du bist tot, sagte sie schlicht, *so wie auch meine Rosie tot ist, weil du sie verraten hast. Du bist tot wie der Schmied, den die Spiegel zersplittert haben, als er deinen Traum träumen wollte.*

Um uns herum verschwanden die Dinge von dem Speicher, eines nach dem anderen lösten sich die Sachen zuerst in ein Glitzern, dann in Nichts auf.

Ich sah es aus den Augenwinkeln, aber ich konnte nur auf Rosies Mutter schauen, die weitersprach. *Du hast in die Spiegel gesehen*, stellte sie fest. *Als du dein Püppchen gesucht hast.* Sie deutete auf das Püppchen in meinen Händen.

Ich habe es in den Keller gelegt. Ich wusste, dass du mich beobachten würdest, und dass die Erinnerung wiederkommen würde. Erinnerungen kommen immer wieder. Ich wollte, dass du in die Spiegel siehst, ich wollte, dass sich die Spiegel deine Augen merken, die Träume, die dahinter tanzen, denn du solltest es sein, den sie als Lohn bekommen, du, die meine Tochter verraten hat.

Sie neigte den Kopf ein wenig, während ich sie nur weiterhin anstarrte. *Du hast doch nicht etwa geglaubt, dass ich es nicht wusste? Die anderen Kinder haben es mir verraten, und ich musste meine Tochter doch rächen, nicht wahr? Auch wenn du nur ein Mädchen mit Angst im Herzen warst. Sie war mein Baby, verstehst du? Deswegen ist dein Körper nun tot, genau wie deine Träume. Die Spiegel haben sie mit sich genommen, als sie starben, genauso, wie sie den Schmied fortbrachten. Nur das, was du jetzt noch bist, wird hier verweilen, und nichts soll dir bleiben außer den Tränen, und sie werden die Sterne vom Himmel fallen lassen, eine jede Träne ein Stern.*

Mit diesen Worten hob sie die Arme, und die Nacht war mit einem Male so hell, dass ich geblendet wurde. Abermillionen Sterne schienen am Himmel zu stehen.

Rosies Mutter wartete, bis ich meine Augen wieder öffnen konnte.

Eine Chance aber, sagte sie, *will ich dir geben. Wenn du den Schlüssel in den Spiegelscherbenschatten findest, dann kannst du vielleicht deinen Traum vom Leben wiederfinden, auf dem Trödelmarkt der Träume.*

Mit diesen Worten verschwand auch das Püppchen aus meinen Armen, löste sich wie alles andere einfach auf, als sei es selbst nur ein Traum gewesen.

Rosies Mutter drehte sich von mir weg und ging auf die Treppe zu, doch ehe sie die erste Stufe betrat, wandte sie sich noch einmal um. *Doch warte nicht ewig. Deine Tränen werden nicht enden, weil du jeden Tag ihre Bilder sehen wirst. Vor allem ihres. Und ist der letzte Stern vom Himmel gefallen, wird es zu spät sein. Für dich. Und für die Welt, denn länger wird der Zauber der Spiegel nicht halten.*

Sie wedelte mit der Hand, und wie von selbst blätterten sich die Seiten des Fotoalbums um. Und plötzlich war da ein Bild von Rosie, eine Zeichnung, kein Foto, aber es war Rosie, meine Freundin Rosie, die ich verraten hatte.«

Moira verstummte, aber die Seiten des Fotoalbums wurden von unsichtbarer Hand umgeblättert. Hier und da fiel ein Stück des brüchigen Papiers ab, aber am Ende konnte Eliza Willows die Porträtzeichnung eines kleinen Mädchens sehen.

Wunderschön war Rosie gewesen, ein blondes Mädchen mit langen Zöpfen von etwa zehn Jahren.

Strahlend helle Augen hatte der Zeichner ihr gegeben, vielleicht waren sie zu Lebzeiten einmal blau gewesen.

Plötzlich aber runzelte Eliza die Stirn. Wie konnte die Zeichnung eines Mädchens existieren, das, als dieses Album angelegt worden war, bereits nicht mehr da …

Sie stellte die Frage in den Raum hinein, ohne zu wissen, ob Moira überhaupt noch da war, doch von irgendwo neben ihr kam eine Antwort. »Ich weiß nicht, wie sie es gemacht hat. Vielleicht haben ihr die anderen Kinder von ihr erzählt. Vielleicht war es auch ein Zauber, wie der, der die Spiegel brechen ließ. Ich habe mir den Kopf darüber zerbrochen, ohne eine Antwort zu finden, ebenso wenig, wie ich den Schlüssel in den Schatten von Spiegelscherben gefunden habe. Es gibt hier keine Spiegel mehr. Vielleicht war das nur eine Geschichte, nur eine Lüge, und es gibt schlichtweg keine Chance.«

Eliza hörte fast, wie sich die Augen des Nebelmädchens mit Tränen füllten, doch sie spürte auch, dass sie nicht fielen.

»Und selbst wenn es keine Lüge wäre, keine Geschichte, so bleibt mir nicht mehr viel Zeit. Bald habe ich alle Sterne vom Himmel geweint.«

Mit diesen Worten verschwand sie.

Eliza Willows wusste, dass sie nicht mehr da war.

Kapitel 10

DIE ANZAHL DER STERNE

Manchmal kommen Zeiten wieder, und nur selten sind es die guten und schönen, die zurückkehren, sondern fast immer sind es die dunklen und schlimmen – jene, die man am liebsten für immer aus dem Gedächtnis und dem Herzen gestrichen hätte.

Eliza Willows, die in ihrem Bett lag und versuchte, herauszufinden, ob sie wach war oder träumte, ahnte jedoch noch nichts von den finsteren Zeiten, die sich zur Rückkehr bereit machten. Sie war sich so sicher gewesen, dass die Begegnung mit Moira Reeves kein Traum gewesen war, aber jetzt, im hellen Licht des Morgens, war irgendwie alles anders. Sie tastete nach ihren Füßen, die kalt waren, so kalt, als hätten sie stundenlang barfuß auf einem kalten Holzboden gesessen. Aber konnten sie nicht ebenso gut nur unter der Bettdecke hervorgeschaut haben? Einzig den Staub auf ihrem verwaschenen Schlafanzug konnte sie sich nicht anders erklären, als dass die letzte Nacht und alle Geschehnisse darin, Wirklichkeit gewesen waren. Kurz entschlossen sprang sie auf, rannte durch ihr Zimmer und dann die Treppe zum Speicher hinauf, wo sie die Tür aufstieß und atemlos stehen blieb.

Vor ihr, auf dem staubigen Holzboden, waren eindeutig Fußspuren zu sehen, die zu einem aufgeschlagenen Fotoalbum führten, das neben einem halb zerfallenen Schaukelstuhl lag. Mit wild klopfendem Herzen flüsterte sie Moiras Namen. Doch das Nebelmädchen antwortete nicht, und so kehrte Eliza nach einigen Momenten des Wartens enttäuscht in ihr Zimmer zurück. Hatte Moira nicht gesagt, sie sei auch am Tage nicht fort?

Aber noch bevor Eliza weiter darüber nachdenken konnte, bevor sie noch von ihrer Mutter zum Frühstück gerufen wurde, hörte sie etwas, das all ihre anderen Gedanken ausradierte.

Die Melodie einer Spieluhr, begleitet vom leisen Klang einer Flöte.

Ein Lied, das der Welt mit einem Schlag die Farben zu nehmen schien, bitter und süß und melancholisch, wie ein alter Film, den man lange nicht mehr gesehen hat. Doch erst das Geräusch eines Schlages ließ ihr das Blut in den Adern gefrieren und den sonst so hellen Morgen für einen Augenblick so finster werden, als hätte die Nacht nie ein Ende gefunden.

Dem Schlag folgten weitere, beständig und gleichmäßig, dumpf und tief aus dem Haus kommend, wie ein Herzschlag. Und unwillkürlich kehrten die Worte aus der Nacht zurück, die Worte, die besagt hatten, dass am Ende aller Sterne der Zauber der Spiegel vergehen und nicht länger halten können würde, was er einst zerbrochen hatte.

Kurz war sie versucht, zurück auf den Speicher zu gehen, aber sie ließ es. Das Nebelmädchen würde nicht dort sein. Und ihre Mutter rief zum Frühstück, wo sie der überraschten und in Gedanken versunkenen Eliza verkündete, heute ins benachbarte Dorf fahren zu wollen.

»Damit wir mal unter Menschen kommen«, meinte sie leichthin, und Eliza war sehr froh darüber, dem Haus entkommen zu können, denn hier in der Küche waren das Hämmern und die Melodie lauter. Beinahe hätte sie ihre Mutter gefragt, ob sie die Geräusche auch hörte, doch sie ließ es. Ihre Mutter hätte ihr gesagt, wenn es so wäre, und wenn nicht, würde sie aller Wahrscheinlichkeit nach nur fragen, über welchem Buch ihre Tochter in der Nacht eingeschlafen war. Manchmal glaubten nicht einmal die Menschen einem, von denen man geliebt wurde

So fuhr sie mit ihrer Mutter in das kleine Dorf, und als sie den alten Buchladen entdeckte, vergaß sie für einen Moment das wundersame Lied und das Trommeln, das wie ein Herzschlag war. Ja, selbst die Augen aus Meeresleuchten und Himmelssehnen im Gesicht des Nebelmädchens schwanden kurz, als die kleinen Glöckchen über der Ladentür bimmelten und Eliza den Geruch von Büchern einsog, neu und alt, bekannt und unerforscht.

Doch dann zerstörte eine raue Stimme den süßen Moment des Vergessens: »Du bist das Mädchen von Mirrors End« kam es aus einer Ecke des Ladens, und als Eliza den Kopf drehte, sah sie einen alten Mann neben einem Regal auftauchen. Er war hager und trug eine ockerfarbene Cordhose und einen dunkelbraunen Strickpullover mit beigefarbenen Ellbogenschützern. Die Haut an seinen Händen war runzlig und voller Altersflecken; und aus seinem ebenfalls faltigen Gesicht blitzten ihr zwei nussfarbene Augen entgegen, die in den Schatten von buschigen Augenbrauen lagen, welche genauso grau waren wie der Haarkranz, der wirr von seinem Kopf abstand.

»Woher wissen Sie- «, begann Eliza, doch der Alte winkte ab.

»Jeder hier weiß es. Das ist ein kleiner Ort, und neue Gesichter fallen auf. Und wenn es heißt, Mirrors End sei verkauft worden – nun, da ist es doch kein Rätsel, wer du bist.«

Eliza nickte. Ja, das klang logisch. Sie sah sich im Laden um. Er war winzig, und an jedem noch so kleinen Stück Wand waren Bücherregale angebracht worden. Selbst das Schaufenster war mehr Ausstellungsfläche als Auslage.

»Mein Name ist Conrad Taylem«, stellte sich der Buchhändler vor und Eliza nahm es mit einem beiläufigen Nicken zur Kenntnis, den Blick fest auf die Buchrücken gerichtet.

»Suchst du etwas Bestimmtes?«, erkundigte sich der Alte.

»Gibt es Bücher über Mirrors End? Immerhin wohne ich ja jetzt dort …«, fragte Eliza.

»Nein«, sagte Conrad Taylem rasch. »Es gibt keine Bücher über Mirrors End. Die Geschichten über dieses Haus sind vergessen.« Für einen Moment bedachte er Eliza mit einem nachdenklichen Blick, doch er sagte nichts weiter, außer: »Schau dich um. Vielleicht findest du etwas anderes.« Doch als er sich abwandte, flüsterte er leise brummend: »Und manche Geschichten sollten auch besser vergessen bleiben.«

Eliza tat, als hätte sie die Worte nicht gehört, hatte sie jedoch genau verstanden.

Sie streifte eine Weile durch den Laden, berührte Buchrücken mit den Fingerspitzen, doch am Ende verließ sie das Geschäft, ohne eines zu kaufen.

Sie schlenderte durch den kleinen Ort zu dem Supermarkt, in welchem ihre Mutter einkaufen gegangen war. Es nieselte, ein feiner Regen, den man kaum spürte, der einen aber doch zu durchnässen vermochte. Viele Leute waren nicht auf der Straße, und Eliza war froh darüber. Sie wollte niemand weiterem begegnen, niemanden kennenlernen. Ihre neuen Klassenkameraden würde sie noch früh genug treffen.

Ihre Mutter kam ihr schon mit den Tüten entgegen, und gemeinsam fuhren sie zurück nach Mirrors End, wo die Melodie und die Hammerschläge schon warteten. Eliza hörte sie, sobald sie das Haus betrat.

Den ganzen Tag verstummte das Lied nicht.

Nicht, als sie mit ihrer Mutter zu Mittag aß, nicht, als sie danach noch einige Kisten aus dem Keller holten.

Wie Rosies Mutter, musste Eliza unentwegt denken.

Im Keller war das Hämmern lauter, die Melodie eindringlicher. Unwillkürlich summte Eliza mit.

Ihre Mutter lächelte sie an. »Ein schönes Lied«, meinte sie. »Aber etwas traurig. Woher kennst du es?«

Eliza zuckte mit den Schultern. »Ich weiß es nicht. Vielleicht habe ich es mal gehört.«

Ihre Mutter wandte sich wieder der Kiste zu, die sie gerade ausräumten, und Eliza summte weiter, bis der Abend kam und sie auf ihr Zimmer ging.

Die Melodie wurde leiser und der Herzschlag des Hauses verstummte.

Sie setzte sich auf den Sessel unterhalb des Erkerfensters und wartete auf die Dunkelheit und auf das Nebelmädchen, das sie hoffentlich mit sich bringen würde.

Die Nacht war noch dunkler als die zuvor.

Sie hörte die Stimme, noch ehe sie Moira als nebelhafte Spiegelung in der Fensterscheibe sah.

»Du hast es gehört«, stellte das Nebelmädchen fest.

Eliza nickte.

Sie schwiegen beide und betrachteten den fast schwarzen Himmel.

»Er kommt zurück, nicht wahr?«, fragte Eliza irgendwann in die Stille hinein.

»Der Zauber wird schwächer«, wisperte das Nebelmädchen zur Antwort. »Es sind kaum mehr Sterne da.«

Eliza suchte den Himmel nach den kleinen leuchtenden Punkten ab, die ihr immer so selbstverständlich vorgekommen waren, bevor sie Mirrors End betreten hatte.

»Du kannst sie zählen«, sagte Moira da.

»Niemand kann die Sterne zählen«, protestierte Eliza, doch Moira schüttelte den Kopf.

»Zähle sie«, sagte sie bestimmend, und so versuchte Eliza Willows die Sterne zu zählen, etwas, das ihr völlig unmöglich schien. Doch am Ende gelang es ihr, und sie war erschrocken. Nur wenige Sterne hatte sie am Nachthimmel finden können. Nicht einmal mehr dreißig.

»Es ist nicht mehr viel Zeit übrig«, flüsterte Moira traurig.

Eliza sah das Spiegelbild des Nebelmädchens in der Fensterscheibe an.

Eine Träne fiel aus den goldgrünen und silberblauen Augen hinab.

Golden war sie – wie der Stern, der vom Himmel verschwand.

»Jetzt ist es noch einer weniger«, gab sie zurück und das Gesicht, das sich im Glas spiegelte, nickte traurig.

Kapitel 11

VERSPRECHEN IM NACHTERWACHEN

Wieder blieb es eine Weile still. Die Nacht ließ Bilder aus Schatten im Zimmer tanzen. Eliza dachte nach, sie versuchte all die Dinge, die sie nicht verstand, irgendwie unter einen Hut zu bringen, sie in logische Fragen zu pressen; am Ende flüsterte sie nur zwei Fragen in die Dunkelheit, die all die Verzweiflung und die Ahnungslosigkeit angesichts des Schreckens, der sich wie ein bleiernes Tuch über sie zu legen schien, ausdrückten.

»Wieso nur ausgerechnet jetzt?«, murmelte sie. »Und warum ich?«

Moira schwieg und Eliza war froh darüber, denn es gab darauf keine befriedigende Antwort. Manchmal war man einfach da, wenn Dinge geschahen, und oftmals gab es am Ende einen Sinn, auch wenn man ihn nicht immer gleich erkannte. Aber in der Rückkehr des Schmiedes konnte sie keinen Sinn erkennen, so sehr sie auch nachdachte.

Wieder zählte sie mit ihren Augen die Sterne.

So wenige waren es nur noch.

»Wir müssen etwas tun«, stellte sie fest, und ihre Stimme klang entschlossener als sie sich fühlte.

»Was?«, fragte Moira mutlos.

Eliza fuhr herum und sah in die Augen, die aus Meeresleuchten und Himmelssehnen gemacht schienen.

»Rosies Mutter hat dir doch von einer Chance erzählt, nicht wahr? Du selbst hast es gestern erwähnt. Vielleicht ist das des Rätsels Lösung. Vielleicht hält das den Schmied auf.«

»Vielleicht«, antwortete Moira. »Aber du vergisst, dass ich all die Jahre vergeblich gesucht habe.«

Ihre Augen drohten, sich mit Tränen zu füllen, und rasch, damit nicht ein weiterer Stern vom Himmel fiel und kostbare Zeit einfach so verloren ging, warf Eliza ein: »Aber jetzt bist du nicht mehr allein. Ich helfe dir.«

Das Nebelmädchen sah sie aus großen Augen an. »Das würdest du tun?«

Und Eliza Willows, die nicht wissen konnte, welch schlimmen Dingen sie begegnen würde, die nicht einmal ahnte, dass schon am nächsten Morgen ihre Welt aus den Fugen geraten würde, nickte.

»Danke«, flüsterte Moira, und Eliza sah, dass sie abermals eine Träne herunterschlucken musste. Sie schenkte dem Nebelmädchen ein aufmunterndes Lächeln und sah dann wieder hinaus in den finsterdunklen Himmel, der ihr plötzlich viel heller erschien als noch zuvor. Vielleicht lag es daran, dass ihr nun bewusst war, dass es noch dunkler werden konnte. Viel dunkler.

Plötzlich fiel ihr auf, dass der Nacht alle Geräusche fehlten. Gerade jetzt sollte doch die Melodie das Haus erfüllen, genauso wie das herzschlaggleiche Hämmern.

Sie sah Moira an: »Warum ist es jetzt still?«

»Es ist Nacht. Die Geräusche klingen nur zu jenen Zeiten, in denen der Schmied einst hämmerte, und nachts ruhte er.«

»Aber wieso habe ich sie erst heute gehört?«

»Weil du mich gesehen hast. Hättest du mich nicht gesehen, mich nur für einen Traum gehalten, wäre die Welt für dich nicht anders als sonst, und du hättest erst bemerkt, dass etwas anders ist, wenn der Schmied schon da gewesen wäre.«

»Die Menschen glauben nur das, was sie sehen«, flüsterte Eliza Willows, »und sie sehen nur das, was sie sehen wollen.«

Das Schweigen des Nebelmädchens gab ihr recht.

Kapitel 12

MORGEN-GRAUEN

Sie redeten nicht mehr viel in dieser Nacht. Beide hingen ihren Gedanken nach, und nur ab und an brachen sie das Schweigen, um ein Wort oder eine Idee zu dem geheimnisvollen Spiegelscherbenschatten vorzubringen, doch nichts von alldem schien ihnen richtig.

Der Spiegelscherbenschatten blieb ein Rätsel.

Erst gegen Morgen, als die Dämmerung Moiras nebelhafte Gestalt schwinden ließ, fanden sie ihre Sprache wieder, und keines der Worte, die über ihre Lippen glitten, geriet in die Nähe der Aufgabe, die sie lösen mussten, keines berührte auch nur den Schmied und die Schrecken, die er einst gebracht hatte und nun vielleicht wieder bringen würde.

Sie unterhielten sich, als wären sie einfach nur zwei Mädchen, deren Herzen beschlossen hatten, Freundschaft zu schließen und die nun versuchten, die beiden bislang getrennten Leben zu einem zu verknüpfen.

Eliza erzählte von der Stadt, aus der sie gekommen war. Sie erwähnte kurz den Jungen, von dem sie gedacht hatte, dass auch er sie mögen könnte und von den Geschichten, in die sie sich wie immer verkrochen hatte, als sie feststellte, dass dem nicht so gewesen war. Von den Sticheleien an ihrer alten Schule erzählte sie, und abermals von den Büchern, in denen sie so viele Freunde gefunden hatte, wenn es woanders keine gegeben hatte.

Moira hörte zu, wie es gute Freundinnen zu tun pflegten, und erst als Eliza schwieg und es nicht den Anschein machte, sie würde noch weitersprechen, flüsterte das Nebelmädchen: »Das klingt nach einem schönen Leben.«

Eliza starrte die geisterhafte Gestalt mit offenem Mund an. Ihr Leben war ihr immer fad und langweilig vorgekommen. Nicht unbedingt traurig, aber auch nicht sonderlich schön oder aufregend, nicht im Vergleich zu dem Leben, das andere in ihrem Alter normalerweise zu führen schienen. Doch immerhin, so begriff sie jetzt, war es ein Leben. Etwas, das das Mädchen aus Nebel mit den wunderschönen Augen, die Sterne vom Himmel weinen konnten, nie gekannt hatte.

»Es tut mir leid«, flüsterte sie.

Moira schenkte ihr ein unsichtbares Lächeln. »Das muss es nicht«, wisperte sie aus dem Nichts.

Eliza spürte, dass sie bald wieder verschwinden würde. »Wohin gehst du?«, fragte sie. »Ich meine, am Tag? Ich habe dich auf dem Speicher gesucht, aber da warst du nicht.«

»Ich suche. Überall suche ich. An allen Orten, die ich kenne.«

Der Schlüssel in den Spiegelscherbenschatten.

Da war er wieder.

»Ich wünsche dir Glück«, flüsterte Eliza, und dann fügte sie hinzu: »Ich werde dir helfen.«

Ein leiser Dank kam von irgendwoher, und Eliza hüpfte mit einem Lächeln ins Bett, um wenigstens noch ein wenig Schlaf zu finden.

Das Lächeln lag auch noch auf ihren Lippen, als sie einige Stunden später aufwachte, verwundert, dass ihre Mutter sie nicht geweckt hatte. Im Haus war es merkwürdig still. Ein Blick auf den Wecker zeigte ihr, dass es schon fast elf Uhr war. Unmöglich, dass ihre Mutter noch schlief. Margaret Willows war eine Frühaufsteherin, und nur, so scherzten Mutter und Tochter immer wieder, eine schwere Krankheit könne sie länger als bis acht Uhr im Bett halten.

Eliza lauschte.

Nichts.

Kein Rascheln von Papier, kein leises Klirren von Porzellan, das eingeräumt wurde, keine Schritte auf den Fliesen oder dem Holzboden, keine Musik aus dem Radio … Elizas Herz schien für einen Moment auszusetzen, als sie begriff, dass noch etwas fehlte. Etwas, das sie keineswegs vermisste, das aber doch hätte da sein müssen.

Die Melodie und das Hämmern, das wie ein Herzschlag war.

Abrupt warf sie die Decke zur Seite und sprang auf, und nur wenige Sekunden später stand sie vor der Schlafzimmertür ihrer Mutter.

Sie klopfte.

Nichts.

Sie rief den Namen ihrer Mutter.

Wieder nichts.

Mit wild schlagendem Herzen öffnete sie die Tür einen Spalt und sah hinein. Das Licht, das der Türspalt hineinließ, fiel auf das Bett.

Dort lag Margaret Willows, ihrer Tochter den Rücken zugekehrt, und es schien, als würde sie nur schlafen.

»Mom?« Elizas Stimme bebte.

Ihre Mutter zeigte keine Reaktion. Kein unwilliges Brummen, kein überraschter Ausruf, wie spät es schon war. Gar nichts.

Eliza stieß die Tür auf, rannte zum Bett und rüttelte die Schulter der Schlafenden.

»Mom!« Laut und hysterisch wurde Elizas Stimme, als sich ihre Mutter immer noch nicht regte. Mit einem Ruck drehte Eliza sie zu sich, und in dem Moment, als sie ihrer Mutter in die weit aufgerissenen Augen sah, die nichts und niemanden fixierten, wünschte sie sich, dass die Nacht niemals zu Ende gegangen wäre, sie wünschte sich, dass Moira nur eine Illusion war, aber vor allem wünschte sie sich, nie, nie, nie, niemals nur einen Fuß über die Schwelle von Mirrors End gesetzt zu haben.

»Mom!« Tränen schossen ihr in die Augen und liefen ihr unaufhaltsam über die Wange. Sie schüttelte Margaret Willows, die sich einfach nicht rühren wollte. Sie durfte nicht tot sein, nein. Sie konnte doch nicht tot sein. Gestern war sie noch kerngesund gewesen. Wimmernd drückte Eliza ihre Mutter an sich. Irgendwo tief in sich wusste sie, dass sie jemanden rufen musste, einen Arzt, aber sie konnte sich nicht rühren.

»Sie ist nicht tot, Eliza.«

Eliza fuhr herum. Moira schwebte hinter ihr, im fahlen Licht der zugezogenen Vorhänge glitzerte sie wie Staub, der mit Sonnenstrahlen tanzte.

»Was sagst du?«, flüsterte Eliza mit belegter Stimme.

»Sie ist nicht tot.«

Eliza ließ ihre Mutter los und legte sie vorsichtig zurück ins Kissen, und jetzt, da sich ihr eigenes Herz ein wenig beruhigte, bemerkte sie, dass ihre Mutter atmete – ruhig und gleichmäßig.

»Was ist mit ihr passiert?«, fragte Eliza, die Stimme zitternd vor Angst, Verzweiflung und ohnmächtiger Wut.

»Der Zauber«, flüsterte Moira, »er lässt nach. Er kommt zurück, und vielleicht hat er deine Mutter irgendwie gefunden.« Sie kam mit schwebenden Schritten näher und legte ihr eine Hand auf die Schulter. Einen kurzen Moment war Eliza versucht, die Hand aus Nebel und Schatten, deren Berührung sie ohnehin kaum bemerkte, abzuschütteln, aber dann ließ sie es.

Es wäre einfach gewesen, Moira die Schuld zu geben, aber genauso falsch.

Das Nebelmädchen konnte nichts dafür.

Und trotzdem. Trotzdem, trotzdem, trotzdem.

Kapitel 13

EIN KÄSTCHEN VOLLER WORTE

Manchmal sind Gedanken wie Blitze. Sie schlagen ein und stecken etwas in Brand, und man kann nichts anderes tun, als dieses Feuer zu schüren, weil es das Einzige zu sein scheint, was einen aufrecht hält. Genauso fühlte sich Eliza Willows in dem Moment, als sie sich an etwas erinnerte, das überhaupt nicht zu ihrer jetzigen Situation zu gehören schien und doch das Einzige war, das einen Sinn machte. Der alte Mann in dem Buchladen fiel ihr ein, Conrad Taylem, und die Worte, die er gemurmelt hatte, als er dachte, sie würde ihn nicht hören. Die Worte, die bewiesen, dass er etwas wissen musste.

Sie betrachtete ihre Mutter. Wahrscheinlich würde ihr ein Arzt nicht helfen können, und so sprang sie einfach auf, lief hoch in ihr Zimmer und zog rasch die Sachen vom Vortag und die nächstbesten Schuhe an, ehe sie aus dem Haus rannte. Sie achtete nicht auf Moira, die ihr folgte und etwas nachrief.

Eliza lief, so schnell sie konnte. Vorbei an den Weiden, über die kleine Brücke, die das Bächlein überquerte, auf die Straße und dann weiter und weiter, bis sie das Dorf erreichte. Tränen füllten ihr die Augen und machten sie fast blind, und sie stolperte mehr in den Buchladen, als dass sie ihn betrat.

Conrad Taylem stand hinter der Ladentheke und betrachtete sie erstaunt, und seine Augen weiteten sich noch etwas mehr, als sie auf ihn zustürmte, ihn über die Theke hinweg am Pullover packte und schrie: »Sie wissen etwas! Sie wissen etwas und sagen es nicht! Sagen Sie es! Sagen Sie es und helfen Sie mir! Reden Sie!«

All der Zorn und all die Verzweiflung, die sie in sich trug, entluden sich in ihren Worten und sie zog und zerrte so stark am Stoff des Pullovers, dass sie den alten Mann fast über die von Büchern bedeckte Holzplatte zog.

»He!« Plötzlich waren da eine Stimme und Schritte, die auf sie zukamen. »Was soll denn das?« Jemand riss sie von dem alten Mann weg und hielt sie an beiden Armen fest.

»Er sagt nichts«, wimmerte Eliza. »Er weiß etwas und sagt nichts. Er sagt einfach nichts, und meine Mutter … ich muss wissen … es passiert wieder … Moira.«

Für einen Moment blieb es mucksmäuschenstill in dem Laden, unterbrochen nur von den leisen Schluchzern, die Eliza von sich gab. Hätten die Arme sie nicht immer noch eisern festgehalten, wäre sie vermutlich in sich zusammengesackt.

Dann sagte der alte Mann mit gebrochener Stimme: »Ist schon gut, Cedric. Lass das Mädchen los – oder besser nein – hilf ihr auf einen Stuhl. Sie kann sich ja kaum noch auf den Beinen halten.«

Die Hände griffen sie anders und schoben sie durch den kleinen Raum. Schließlich wurde sie auf einen Stuhl gesetzt. Eliza ließ es einfach geschehen.

Der Buchhändler war ihnen mit schlurfenden Schritten gefolgt. Ächzend ging er vor ihr in die Knie.

»Sag ihn noch einmal, mein Kind.«

Eliza sah ihn an. »Was?«

»Du hast gerade einen Namen gesagt. Wiederhole ihn, bitte.«

»Großvater«, mischte sich die Stimme des Jungen ein, der immer noch neben ihr stand, sie aber nicht mehr festhielt.

»Sei still, Cedric!«, unterbrach ihn der Alte barsch, ehe er sich wieder mit leiser und ruhiger Stimme Eliza zuwandte: »Bitte. Der Name.«

»Moira«, flüsterte Eliza den Namen des Nebelmädchens in den Raum, und über die nussfarbenen Augen des Mannes legte sich Dunkelheit.

Für einen Augenblick schien es, als hätte es dem Alten die Sprache verschlagen.

»Großvater?«, erkundigte sich der Junge, der offensichtlich Cedric hieß, besorgt.

Conrad Taylem sah ihn verwundert über Eliza hinweg an. »Was? … Ach nein, mein Junge. Es ist schon gut. Sei so gut und hole mir doch bitte auch einen Stuhl.«

Cedric schien einen Moment zu zögern, von Elizas Seite zu weichen, aber als sein Großvater mit einem Lächeln sagte: »Sie wird mich nicht noch einmal anfallen, nicht wahr, mein Kind?«, und Eliza daraufhin den Kopf schüttelte, ging er los und holte den gewünschten Stuhl.

Als er ihn neben seinem Großvater abstellte, konnte Eliza den Enkel des Buchhändlers zum ersten Mal sehen. Cedric war groß und schlank und mochte vielleicht so alt sein wie sie. Er hatte ein schmales Gesicht und braune Haare, die ihm in wilden Locken bis über die Ohren reichten, und seine bernsteingoldenen Augen lagen hinter einer schlichten Brille mit silbernem Rand. Alles an ihm wirkte ein wenig schlaksig. Er warf Eliza einen misstrauischen Blick zu und blieb hinter seinem Großvater stehen, als dieser auf dem Stuhl Platz nahm.

Dem alten Herrn huschte ein Lächeln übers Gesicht, als er die verbissene Miene seines Enkels erblickte, doch dann wurde er gleich wieder ernst und schaute Eliza an.

»Wie heißt du, mein Kind? Ich finde, das sollte man voneinander wissen, wenn man über Dinge spricht, die einen bitteren Klang im Herzen hinterlassen werden.«

»Eliza Willows.«

»Gut. Willkommen, Eliza Willows. Wie ich gestern schon sagte, ist mein Name Conrad Taylem, und dies ist mein Enkel Cedric.«

Der Junge hob eine Hand zum Gruß, aber die Mimik in seinem Gesicht blieb verschlossen.

Eliza nickte nur. Sie konnte ihm sein Misstrauen nicht verübeln. Sie wischte sich mit dem Ärmel die Tränen fort. Conrad Taylem lächelte sie aufmunternd an.

»Erzähl«, forderte er sie auf. »Was ist geschehen?«

Und Eliza erzählte. Alles, angefangen von der Trennung ihrer Eltern, dem Umzug nach Mirrors End, von dem Gesicht über ihrem Bett, der Begegnung mit Moira auf dem Speicher, der Geschichte der Schmiede und des Zaubers, bei dem die Spiegel zerbrachen, hin zu den Sternen, die als Tränen vom Himmel fielen und ihrer Mutter, die an diesem Morgen nicht aufgewacht war, obwohl sie nicht schlief. Auch den Schlüssel in den Spiegelscherbenschatten erwähnte sie.

Die Miene des Buchhändlers wurde mit jedem Wort bekümmerter, während sich die seines Enkels von Misstrauen in ungläubiges Erstaunen verwandelte.

Als Eliza geendet hatte, schwieg Conrad Taylem, aber Cedric fragte: »Das ist ein Scherz, oder? Ich meine, das kann nicht dein Ernst sein.«

Eliza sah ihn nur an. Plötzlich fühlte sie sich unheimlich müde.

Cedric aber war noch nicht fertig: »Du kommst hierhin, mit einer vollkommen wirren Geschichte und fällst meinen Großvater an, der nichts mit solchem Schwachsinn zu tun hat. Du hättest ihn verletzen können, verdammt noch mal. Es hätte nicht mehr viel gefehlt und du hättest ihn kopfüber über den Ladentisch gezogen!«

»Cedric«, warf der alte Mann ein und hob beschwichtigend die Hände, aber sein Enkel ließ sich nicht stoppen. »Du musst verrückt sein, hier so einen Humbug zu erzählen!«, schimpfte er weiter.

Eliza ließ seine Tirade über sich ergehen, und als er atemlos schwieg, sagte sie nur leise: »Ich bin nicht verrückt. Es ist wahr. Und dein Großvater weiß etwas. Ich habe gehört, wie er sagte, dass es Geschichten gibt, die besser sterben sollten.«

Ihr Blick wanderte zu den Augen des Buchhändlers. »Das haben Sie doch gesagt, nicht wahr? Sie dachten, ich höre Sie nicht, aber Sie haben es gesagt, direkt, nachdem Sie mir mitteilten, dass es keine Bücher über Mirrors End gäbe.«

»Du hast gute Ohren«, stellte Conrad Taylem fest. Seine Stimme war leise und matt, aber dann richtete er sich auf und drückte die Schultern durch, und als er weitersprach, hatte seine Stimme wieder an Kraft gewonnen. »Ich dachte, dass, wenn du nichts von den Geschichten über die Schmiede erfährst, würde nichts weiter passieren. Wie hätte ich wissen können, dass du Moira bereits getroffen hast, dass du sie sehen kannst. Dabei hätte ich es ahnen müssen. Schon meine Großmutter wusste, dass es nicht aufhören würde, nur weil niemand mehr darüber spricht. Sie hat die Sterne fallen gesehen, so wie wir alle sie fallen sehen, doch weiß heute niemand mehr, was es bedeutet, dass der Himmel Nacht für Nacht dunkler wird.«

»Moiras Zeit, erlöst zu werden, vergeht.«

Der Buchhändler fügte hinzu: »Und wird sie nicht erlöst, bricht der Zauber.«

Eliza nickte.

Conrad Taylem sah nachdenklich aus dem Fenster.

Fast erwartete Eliza, dass Cedric wieder irgendetwas einwerfen würde, aber auch der Junge schwieg. Er starrte nur seinen Großvater an, als wäre der Mann, der auf dem Stuhl vor ihm saß, ein völlig Fremder. Eliza erkannte, dass er ihr glaubte, ja, ihr vom ersten Augenblick an geglaubt hatte, dass er es nur nicht wahrhaben wollte, weil ihm dies alles nie erzählt worden war.

Der alte Mann sah Eliza einfach nur an. Dann sagte er: »Du hast Recht damit, dass ich etwas weiß. Und vielleicht hätte ich dir auch gestern schon davon erzählen sollen, gestern, als ich dachte, dass es für dich nur eine Geschichte sei, ein Märchen, wie sie sich nur allzu gerne um alte Häuser ranken, nicht die Wahrheit, so wie heute. Aber ich habe das Schweigen geerbt, vielmehr, ich habe es gefunden, und manchmal sind Dinge, die einem das Leben schenkt, ebenso mit einem Versprechen verbunden, wie die Menschen, die uns begegnen.«

Eliza dachte an das Nebelmädchen und wusste, was Conrad Taylem meinte.

Der Buchhändler seufzte. »Aber heißt es nicht auch, dass die Alten gegenüber den Jungen manchmal die Siegel über den Geheimnissen brechen müssen?«

Er drehte sich seinem Enkel zu. »Cedric, wärst du bitte so nett, aus der oberen Schublade meines Sekretärs das dunkle Holzkästchen meiner Großmutter zu holen?«

Die Stirn des jungen Mannes legte sich skeptisch in Falten. »Aber dieses Kästchen-«, begann er, doch sein Großvater ließ ihn nicht ausreden.

»Geh und hole es einfach, Cedric. Bitte.«

Cedric kniff die Lippen zusammen und betrachtete den alten Mann mit einem sauertöpfischen Blick, aber er verließ den Raum, ohne etwas zu sagen, und kurz darauf kam er mit einer flachen, dunklen Holzschachtel wieder. Wortlos reichte er sie seinem Großvater.

»Danke, mein Junge.« Conrad Taylem schenkte seinem Enkel ein Lächeln, doch Cedric stellte sich nur mit verschränkten Armen hinter ihn. Eliza fand, dass er verletzt aussah.

Dann aber zog der alte Buchhändler einen Schlüssel aus der Tasche, der mit einer feinen, dünnen Kette an der Hose befestigt war. Klein und golden war er.

Eliza lächelte. Sie mochte Schlüssel, aus ebenso unerfindlichen Gründen wie Regen. Schlüssel konnten Dingen ebenso öffnen und schließen, wie es mit den Büchern und Geschichten war.

Conrad Taylem zögerte einen Moment, aber dann steckte er den Schlüssel in das kleine, ebenso goldene Schloss der Kiste und drehte ihn. Die Kiste öffnete sich. Überrascht schlug Eliza die Hände vor den Mund, als eine Spieluhr im Herzen der Kiste eine Melodie preisgab, die ihr nur allzu bekannt war.

Der alte Mann lächelte. »Du kennst das Novemberlied, nicht wahr?«

Eliza nickte. »Es ist das Lied, das ich im Haus höre. Aber ich wusste nicht, wie es heißt.«

»Meine Großmutter nannte es immer das Novemberlied«, erklärte Conrad Taylem.

Wieder geschah einen Moment nichts, dann holte er einen dünnen, mit einer roten Kordel zusammengebundenen Stapel gefaltetes Papier heraus. Jedes einzelne

Blatt schien eng beschrieben zu sein. Der Buchhändler strich liebevoll über die Seiten, als wären sie die Flügel eines Schmetterlings.

»Das hier sind Aufzeichnungen meiner Großmutter, die sie kurz vor ihrem Tod angefertigt hat. Sie gehörte zu den Kindern, die einst in Mirrors End lebten, damals, als es noch die Schmiede des alten McLear war.«

Eliza stutzte beim Klang des Namens, den sie noch nie gehört hatte.

Der alte Buchhändler deutete ihren Gesichtsausdruck richtig. »Ja, McLear war der Name des Schmiedes, und meine Großmutter beschrieb ihn als einen Teufel.« Er hob die Blätter ein wenig. »Hier steht alles, was ich weiß, alles, was sie wusste. Ich glaube, sie hat gewusst, dass diese Geschichte nicht sterben durfte, auch wenn es ihr mit Sicherheit lieber gewesen wäre.«

Er reichte Eliza die Seiten, auf denen sich Buchstaben dicht aneinanderreihten, als hätten sie Sorge, sonst in der Kälte der Welt zu erfrieren.

Sein Enkel starrte ihn völlig entsetzt an, und einen kurzen Moment meinte Eliza, dass eine Träne in seinen Augen glitzerte, aber als das Papier ihre Fingerspitzen berühre, war der Moment vorbei.

Sie sah Conrad Taylem in die Augen. »Danke«, wisperte sie, »danke.«

Der Buchhändler nickte nur, und Eliza löste die Schleife aus der roten Kordel.

Raschelnd faltete sie das erste Blatt auseinander.

Kapitel 14

KNISTERNDE VERGANGENHEIT

Ich weiß nicht, warum ich diese Zeilen schreibe, und für wen weiß ich noch weniger. Vielleicht nur für mich, vielleicht nur für die Feuer im Kamin, die so gerne an Papier lecken und es fressen. Ich mag kein Feuer, habe es noch nie gemocht, aber welches Kind der Schmiede tat das schon? Ich kenne keines.

Vielleicht schreibe ich dies aber auch für irgendwen, einen Fremden, der die Blätter einmal finden wird, sie lesen und dann über diese Geschichte schmunzeln wird, mit dem Glauben, dass das Gelesene nur ein Schauermärchen ist.

Es ist keines, so viel sei hier gesagt.

Jedes Wort, das ich schreibe, ist wahr – das schwöre ich bei meinem Leben, wobei dieser Schwur wohl nicht mehr recht viel wert ist. Ich weiß, dass ich bald sterben werde.

Vielleicht habe ich deshalb zu Blatt und Feder gegriffen, obwohl mir das Schreiben immer noch schwerfällt. Zu spät habe ich die Bedeutung der Buchstaben kennengelernt, zu spät hat sich mir das Geheimnis der Schrift gelüftet.

Aber jetzt schreibe ich; ich schreibe, während über mir der Mond am Himmel steht, umgeben von den Sternen. Eine Laterne spendet mir Licht, vertreibt die Dunkelheit. Die Erinnerung kann sie nicht vertreiben, ebenso wenig wie das Wissen, dass der Himmel dort draußen dunkler wird, mit jeder Nacht, mit jener Träne, die Moira weint.

Es tut mir so leid, Moira. Wäre ich mutiger gewesen, hätte ich doch nur ... aber du selbst weißt, wie die Angst zum Verräter macht, wie sie fesseln kann.

Vielleicht helfen Moira eines Tages meine Worte, sofern ich diese Aufzeichnungen nicht vorher selbst zerstöre. Ich bin der Ansicht, dass diese Geschichte muss sterben. Niemand sollte von den Schrecken hören, die dort geschahen, an dem Ort, den sie heute Mirrors End nennen. Für uns hatte er einen anderen Namen.

Die Schmiede.

Unsere eigene Hölle. Und McLear, der Schmied, war ihr Teufel.

Aber wer, wenn nicht ich, weiß besser, dass diese Geschichte nicht sterben darf.

Weil sie ihr Ende noch nicht gefunden hat.

Weil noch nichts gut ist, auch wenn es gerade so scheint.

Ich hoffe, ich habe die Kraft, den Federkiel lange genug zu halten. Das Tintenfässchen wird reichen. Ich habe nie viel geschrieben in meinem Leben, und sicherlich wäre es auch jetzt nicht nötig. Ich hätte Matthew rufen können, meinen Sohn. Er würde mit Vergnügen für mich schreiben. Er mag Worte.

Aber ich will nicht, dass er diese Geschichte hört.

Manche Geschichten sind zu traurig für Kinderohren, selbst, wenn sie den Kindheitsschuhen schon lange entwachsen sind.

Dies, so finde ich, ist eine solche, auch wenn ich selbst nicht mehr als ein Kind war, als sie sich zutrug.

Oben, in der alten Schmiede, wo wir lebten, wir Kinder, die niemanden hatten. Manche von uns hatten nicht einmal einen Namen.

Mich nannte man Clara.

Warum, das weiß ich nicht. Damals hatte der Name keine Bedeutung, war nur ein Wort, auf das ich zu reagieren hatte.

Erst später, als ich Clara Taylem war, wurde dieser Name wirklich zu einem Teil von mir.

Aber von den Zeiten, in denen ich nur Clara war, will ich berichten, denn es waren diese Jahre, die mich zu der machten, die ich heute bin. Die mich das Fürchten lehrten, und das Hoffen. Die mich einen Fehler machen ließen, den ich bitterlich bereue und nun nicht mehr zu ändern vermag.

Ich bete, dass der allmächtige Herr im Himmel mir verzeiht, wenn ich alsbald vor ihn trete. Vor allem aber möchte ich Moira um Verzeihung bitten, welche die Sterne vom Himmel weint.

Sie war es, die uns alle befreit hat.

Nicht Rosies Mutter, die den Zauber sprach, nicht das Novemberlied, das die Schrecken in Schlaf versetzte, weil es stets der November ist, welcher der Welt ihr Wiegenlied singt und alle Farben sterben lässt.

Moira war es, die den Preis bezahlte.

Ich wollte, ich könnte noch einmal zurückkehren und ihr in die Augen schauen. Ich weiß, sie ist noch da, sie kann nicht fort. Mich aber fesseln das Alter und die Schwäche, die es mit sich bringt, an dieses Bett. Mirrors End scheint eine Weltreise entfernt.

Daher bleiben mir nur die Worte, aber meine Hand wird schon der Anstrengung müde. Ich werde morgen weiterschreiben, ich weiß, ich kann es. Ich habe immer beendet, was ich einmal begonnen habe.

Die Sonne scheint und lässt die dunkler werdenden Nächte vergessen. Ich bin froh darüber, denn sind die Gedanken finster genug, die ich zu schreiben beabsichtige.

Ich kann mich noch genau daran erinnern, wie schön ich es fand, zum ersten Mal die Sonne auf der Haut zu spüren. Über der Schmiede war der Himmel niemals blau und strahlend gewesen. Er war immer grau und rußig schwarz vom Rauch des Feuers, das McLear schürte. Der Schmied war ein Teufel, und wie ein jeder Höllenfürst verbreitete auch er Angst und Schrecken unter den Kindern. Bestraft wurde alles – Fehler, Missgeschicke und selbst Dinge, die eben noch richtig schienen und es plötzlich nicht mehr waren, weil ein anderer Tag war, eine andere Stunde, eine andere Laune. Geschlagen hat er. Mit allem, was es gab.

Kein Kind, das nicht Striemen von Gürteln oder blaue Flecken von blanken Fäusten zierte, keines, das nicht Narben vom heißen Schmiedeeisen besaß. Stets gebrochene Knochen, die nur schlecht verheilten, weil der schwere Hammer eine Hand oder ein Bein getroffen hatte.

Oh ja, McLear war ein Teufel, und die Angst, die er verbreitete, ließ uns alle zu Verrätern werden, zu Petzen, die ihm Worte ins Ohr flüsterten, um den Strafen zu entgehen. Und genauso band uns die Angst die Hände zusammen und knebelte unsere Münder, wenn ein anderes Kind unter seinen Schlägen schrie. Aber ich will nicht von diesen Schatten schreiben, die sich über unsere Leben legten, denn sie waren nicht die dunkelsten. Schlimmer noch als die Angst vor den Schlägen war die, zu verschwinden, nach Vollmondnächten den Morgen nicht mehr zu erleben.

Denn es verschwanden Kinder. Von Mal zu Mal zu Mal.

Ich erinnere mich an viele. Ihre Namen hallen immer noch durch meine Erinnerung. Alison, Jimmy, Peter, Emily, Mary, Elisabeth, Albert, Viktor, Rosie, Henry, Kelly, John,

Kathrin, David, Melinda, Frank, Molly und Mathilda, meine eigene Schwester. Sie alle verschwanden, und da waren noch so viele mehr, Kinder, von denen ich die Namen entweder nicht kannte oder bereits vergessen habe.

Für mich war Mathildas Verschwinden das Schlimmste.

Ich war damals neun gewesen, und Mathilda gerade fünf.

Der Schmied schlug mich, weil ich nach ihr fragte, und als ich meine Frage trotzdem wiederholte, schlug er noch mal zu und behauptete, Mathilda wäre fortgerannt. Ich glaubte ihm nicht, doch weitergefragt habe ich auch nicht. Zu sehr brannte meine Wange dort, wo seine flache Hand mich getroffen hatte.

Aber ich legte mich auf die Lauer und beobachtete, was McLear tat.

Denn wer sonst sollte die Kinder aus ihren Strohbettchen stehlen?

Ich bemerkte bald, dass alles eine Woche vor Vollmond begann. Der Schmied kümmerte sich nicht mehr um Pferdehufe und Türbeschläge, und genauso wenig interessierten ihn seine anderen Aufträge.

Stattdessen verbrachte er die Tage in der Schmiede damit, ein sonderbares Metall so fein zu schlagen, dass es fast durchsichtig wie Glas war. Er formte eine kugelartige Flasche daraus, und um sie legte er feine Ornamente aus Eisen. Wunderschön war diese Flasche, und nie hätte ich gedacht, etwas so Schönes aus seinen brutalen Händen entstehen zu sehen. Doch auch die schönsten Dinge können Schreckliches bergen, und nie sah ich Schlimmeres als in jenen Tagen.

Als der Vollmond kam, brachte er ein Kind mit in die Schmiede. Ich weiß noch genau, dass es Mary war, ein hübsches Ding mit wunderschön fallenden Locken und

Sommersprossen. Ihre grünen Augen waren schreckgeweitet. Sie wusste, dass sie nie wieder auf ihrem Strohlager erwachen würde, und sie sollte natürlich recht behalten.

Ich will hier nichts von den fürchterlichen Dingen schildern, die dann geschahen. Zu schrecklich sind die Bilder, und zu wenig habe ich verstanden, um es wiedergeben zu können. Und in gewisser Weise will ich mich auch nicht zu genau erinnern. Die Erinnerungen, die mich jetzt quälen, sind schmerzhaft genug.

Fest steht, dass er die kleine Mary mit dem Hammer erschlug, und dann geschahen sonderbare Dinge, und am Ende all dieser Vorgänge, die mit buntem Rauch, der seltsam roch und viel Feuer einhergingen, waren die wunderschöne Flasche mit einer klaren Flüssigkeit gefüllt, und nichts sonst war mehr von der kleinen Mary übrig.

Der Schmied aber lächelte zufrieden, und jenes Lächeln machte mir mehr Angst als jede wutverzerrte Grimasse, die wir Kinder von ihm kannten.

Und als all der Rauch und die Düfte verflogen waren, setzte er die Flasche an die Lippen und trank. Er trank, was immer er dort hineingefüllt hatte, und als ich danach unbemerkt aus meinem Versteck in seine Augen blickte, schien Mary in ihnen zu wohnen, und der Schmied selbst – für einen Moment war es, als wären die Falten in seinem Gesicht verschwunden, aber als ich blinzelte, sah er wieder so aus wie der Teufel, den wir kannten. Aber Mary war noch da, wie ein grünes Leuchten hinter seinen grauen Augen.

Ich schlich mich fort, obwohl ich bis heute nicht weiß, wie meine Beine mich tragen konnten. Am ganzen Leib gezittert habe ich, so wie auch jetzt meine Hand zittert.

Im Monat danach verschwand David, und am nächsten Morgen sah ich das Braun seiner Augen in denen des Schmiedes, und so ging es weiter. Kind um Kind verschwand.

Draußen wird es dunkel. Habe ich so lange geschrieben? Warum nur sind die Worte so langsam? Meine Gedanken haben die Geschichte schon längst zu Ende erzählt. Nur meine Hände nicht. Sie werden morgen weiterberichten. Morgen.

Heute, so glaube ich, werde ich diese Geschichte zu Ende schreiben. Matthew erkundigte sich gestern Abend halb neugierig, halb besorgt aufgrund der Anstrengung, was ich denn da schreiben würde. »Nichts von Belang«, habe ich gesagt, obwohl das eine Lüge war. Denn es ist von Belang, eines Tages könnte es wichtig sein. Ich habe mich entschieden, diese Seiten nicht dem Feuer zu überlassen. Ich werde sie in das Holzkästchen schließen, in dem die Spieluhr das Novemberlied spielt. Mein geliebter Martin hat mir das Kästchen geschenkt und die Spieluhr darin eingebaut, nicht ahnend, welche Bedeutung diese Melodie einst hatte.

Sie war es, die in der letzten Nacht der Schmiede durch das Haus klang.

Sie war es, die wir alle hörten.

Vielleicht werden meine Worte so eines Tages jemandem nutzen, vielleicht aber auch nicht, denn auch aufgeschriebene Worte können verloren gehen.

Wo war ich? Ja, ja, jetzt weiß ich es wieder. Die Kinder verschwanden. Zuerst Mary, dann David und dann so viele mehr, und jedes Mal sah ich sie in den Augen des Schmiedes. Aber ich sagte nichts, ich schwieg.

Dann aber kam der Tag, es war wieder fast ein Monat vergangen, seit der Vollmond am Himmel gestanden hatte, an dem Moira den Eimer mit dem Wasser umstieß, der neben dem Amboss stand. Der blecherne Klang hallte durch den Raum und wir alle sahen sie entsetzt an. Nichts wurde so schwer bestraft wie das, auch wenn es nur Wasser war, das in der Hitze des Feuers bald getrocknet war.

Moiras Gesicht war aschfahl geworden. Rosie, ihre beste Freundin, kam zu ihr gelaufen und umarmte sie, aber als der Schmied kam, ließ sie Moira los und stellte sich neben sie, in die im Feuerschein leuchtende Wasserlache.

Wir alle rechneten damit, dass der Schmied sofort blindlings nach einer von ihnen greifen würde, um sie zu schlagen – er hielt schon seinen Gürtel in der Hand – aber er sah sich nur mit vor Wut schmalen Augen um, packte dann Moira am Arm und zog sie von den anderen fort.

Ich sah, dass er sie in einer Ecke des Raumes zur Rede stellte, leise, aber mit bedrohlicher Stimme. So machte er es oft.

»Warst du es?«, flüsterte er.

Moira schüttelte den Kopf. Die Angst ließ sie wie ein verschrecktes Kaninchen aussehen.

»Wer war es dann?«

Und so leise, dass es niemand hörte, flüsterte sie einen Namen. Nur an ihren Lippenbewegungen konnte ich es erkennen, und an Rosies Gesicht, die es nicht fassen konnte, dass die Freundin, die beste Freundin, ihren Namen genannt hatte. Niemand von uns machte Moira einen Vorwurf. Wir alle hatten schon aus Angst gelogen, einen anderen Namen genannt, um Schlägen zu entgehen.

Der Schmied aber nickte nur und er schlug auch nicht zu. Er schickte uns bald darauf alle aus der Schmiede. Wir tuschelten erleichtert, konnten nicht fassen, dass McLear nicht sofort zorntobend auf Rosie losgegangen war.

Von Rosie und Moira hielten wir uns fern. Sie redeten miteinander, leise.

Moira weinte, und ich glaube, sie entschuldigte sich. Rosie nickte nur. Das Strahlen auf ihren Lippen, das nicht einmal die Schrecken der Schmiede hatten brechen können, war verschwunden und es sollte auch nicht mehr zurückkehren, aber am Ende nahm sie Moira in den Arm, und wir dummen Kinder dachten, dass alles gut gehen würde. Selbst ich dachte es, dabei hätte ich es wissen müssen.

Als die nächste Vollmondnacht vorüber war, lag Rosie am Morgen nicht mehr auf ihrem Lager. Moira schrie und weinte und nichts und niemand vermochte sie zu trösten, und wie auch hätte sie Trost finden sollen? Sie war es gewesen, die Rosies Namen geflüstert hatte, auch wenn McLear die Strafe bestimmt hatte.

Kurz danach, Rosie tanzte noch in den Augen des Schmiedes, tauchte eine Frau auf, die nach Rosie fragte. Ihre Mutter war es, ich erkannte es sofort und wünschte inständig, dass auch nach mir jemand fragen kommen würde, aber niemand kam. Rosies Mutter aber fragte nach ihrem Kind, und der Schmied tischte auch ihr die Lüge vom Weglaufen auf. Sie glaubte ihm nicht, und ich sah in ihren Augen den Grund dafür: Sie sah Rosies Augen in seinen, und auch Moira erkannte die einstmals beste Freundin hinter dem Grau in seinen Iriden.

Einige Tage später war Rosies Mutter wieder da, ich sah sie mit Moira, unten bei den Weiden. Ich weiß nicht, was sie besprachen, doch nicht lange danach arbeitete Rosies Mutter in der Schmiede. Sie kümmerte sich um uns Kinder und ich muss zugeben, dass sie ein Lichtblick in jener Dunkelheit war, manchen von uns muss sie wie ein Engel vorgekommen sein, den der liebe Gott vom Himmel gesandt hatte.

Einzig, dass die Kinder verschwanden, konnte auch sie nicht verhindern.

Meine Hände beginnen wieder zu zittern, und auch dieser Bogen Papier ist schon voll beschrieben. Ich werde ein Weilchen ausruhen und danach einen neuen beginnen, vielleicht das letzte Blatt.

Ich habe wohl einige Stunden vor mich hingedämmert. Die Sonne steht so hoch, dass sie sich bald wieder dem Abend zuneigen wird. Ich will versuchen, fertig zu werden, aber die Hände mögen den Federkiel kaum mehr halten und der Weg zum Tintenfass scheint zu weit für den Arm, doch ich werde es schon schaffen.

Rosies Mutter brachte Dinge in die Schmiede. McLear hatte ihr erlaubt, sie im Keller zu lagern. Er war seltsam in jenen Tagen. Er achtete kaum mehr auf uns Kinder, und wenn, bedachte er uns mit einem lauernden Blick, wie ein Wolf eine Herde Lämmer.

Wir Kinder waren neugierig auf Rosies Sachen, und einige von uns schlichen hinab und schauten, was es war. Von Sand und seltsamen Gläsern und Flaschen mit Kräutern und Pulvern erzählten sie und von einer Kiste, in der es Spielzeug gab, aber niemand traute sich, es anzufassen, denn wir alle dachten, es sei Rosies gewesen. So verloren wir bald das Interesse am Keller.

Nachts jedoch schlich Moira hinab und kehrte erst kurz vor dem Morgengrauen wieder. Neugierig folgte ich ihr einmal, doch auch die Dinge, die ich in jener Nacht beobachtete, verstand ich nicht. Sie mischten Sand und Kräuter mit Pulvern und Flüssigkeiten und strichen es nachher auf leere Leinwände. Nichts sonst geschah, und so verfolgte ich die Geschehnisse im Keller nicht weiter.

Eines Tages, es war November, ich weiß noch, wie grau die Welt war, wie sie es immer in diesem Monat ist, weil der November die Welt schlafen legt und ihr die Farben stiehlt, nahm Rosies Mutter mich nach dem Mahl am Mittag beiseite.

»Erzähl mir von Rosie«, bat sie. Schon oft hatte sie Kinder nach ihr gefragt, und so dachte ich mir nichts dabei und erzählte, woran ich mich erinnerte.

Auch von dem umgestoßenen Eimer berichtete ich, und von Moiras Verrat.

Ich dachte, sie würde von all diesen Dingen schon wissen, aber an dem Entsetzen in ihren Augen erkannte ich, dass dem nicht so gewesen war. Die anderen Kinder hatten geschwiegen.

Dann aber fing sich Rosies Mutter wieder und lächelte mich an, und bald darauf brachte sie uns alle zu Bett.

Es war Vollmond, und wir alle hatten Angst. Die anderen schliefen irgendwann ein, aber ich nicht. Da war etwas, das mich nicht schlafen ließ, und so schlich ich zur Tür der Kammer, als ich Schritte hörte, und öffnete sie einen Spalt. Rosies Mutter kam vom Speicher herab. Sie lief an mir vorbei, ohne mich zu bemerken, und auch

Moira, die oben in der offenen Speichertür stand, sah mich nicht.

Kurz entschlossen folgte ich Rosies Mutter.

Schon in der Nacht zuvor hatte ich mich hinabschleichen wollen, denn von irgendwo aus dem Haus war eine Melodie gekommen, wunderschön und traurig zugleich, wie der November, der das Haus mit seinen Stürmen umfegte, um die Welt auf den Winterschlaf vorzubereiten.

Heute weiß ich, dass es das Novemberlied war, das Novemberlied, das die Spiegel zerbrach und den Schmied verbannte.

Damals wusste ich das nicht. Ich wusste nur, dass ich nicht die Einzige war, die durch das Haus geisterte. Moira war wach, und der Schmied war es, denn seine Schritte polterten vor mir die Kellertreppe hinunter, und ich hielt Abstand, um ihm nicht in die Arme zu laufen.

Daher weiß ich nicht, was geschah. Ich hörte nur ein Splittern und Brechen, als würde Glas zerspringen, und dann war das Lied wieder da, wie von einer Spieluhr gespielt. Die Schreie des Schmiedes zerrissen das Lied, aber dann verstummte er. Plötzlich war alles still. Vorsichtig schlich ich weiter, schaute um eine Ecke. Der Schmied war fort. Nur Rosies Mutter war noch da, obwohl das nicht sein konnte, denn ich hatte gesehen, wie McLear hinuntergegangen war, hatte seine Stimme gehört. Fassungslos trat ich in den Raum. Überall lagen Spiegelscherben, von denen ich mir nicht erklären konnte, woher sie kamen. Nie hatte es in der Schmiede Spiegel gegeben. Rosies Mutter schenkte mir ein Lächeln, als sie mich sah. »Es ist vorbei, Clara. Es ist vorbei. Der Schmied ist fort, und nie wieder wird er die Träume von Kindern stehlen, um sein eigenes Leben mit ihrer Kraft zu verlängern. Wir können gehen.«

»Aber …«, stotterte ich, nicht die Magie verstehend, nicht den Zauber begreifend.

»Es ist vorbei«, wiederholte Rosies Mutter und begann, die Scherben zusammenzukehren. Manche schienen nur Schatten zu sein, matt und dunkel.

»Geh hinauf, Clara.«

Aber ich konnte nicht. Wie gelähmt waren meine Beine, und so zuckte sie nur mit den Schultern und kehrte weiter. Als alle Scherben einen Haufen bildeten, drehte sie eine Spieluhr auf, die hinter ihr verborgen gestanden hatte.

Sie spielte das Novemberlied, jene wunderschöne Melodie aus der Nacht und dem Moment, in dem das Klirren erklungen war. Eine Melodie, die mir nicht mehr aus dem Sinn ging. Rosies Mutter nannte sie »Novemberlied.«

Und dann sprang sie in die Scherben, mitten hinein, und plötzlich war all das Glas fort, nur ein einziger Splitter war noch da, und er war wie ein Schlüssel, geformt aus den Schatten der Scherben.

»Ihn bringen wir ins Feuer. Dann werden die Kinder beweint.« Wieder lächelte sie, und jetzt kam sie zu mir, nahm meine Hand und gemeinsam gingen wir hinauf zum Kamin, in den sie die Scherbe warf.

»Sie wird sie nicht finden. Und wenn, kann sie nicht den Weg zum Friedhof der Spiegel gehen. Sie wird ewig weinen. Um sich, um die anderen, aber vor allem um Rosie.«

Sie ließ meine Hand los und ging hinauf.

Die anderen Kinder kamen ihr nach und nach entgegen, und ihnen allen erklärte sie, dass der Schmied fort sei und sie frei wären. Es brauchte eine Weile, bis sie verstanden, aber dann jubelten sie und rannten hinab. Ich aber ging

Rosies Mutter hinterher, bis sie den Speicher erreichte. Sie ging hinein, ich wartete unbemerkt an der Tür.

Ich hörte, wie sie mit Moira sprach, wie sie ihr erklärte, dass sie tot sei und Sterne vom Himmel weinen würde, und dass sie den Schlüssel in den Spiegelscherbenschatten finden müsste, um ihren eigenen Traum zu retten, vom Trödelmarkt der Träume, und dass, sollte ihr das nicht gelingen, der Zauber bersten würde und alles umsonst gewesen wäre. Wieder verstand ich nichts von alledem, doch als ich durch einen Spalt in der Tür Moira erblickte, die nichts weiter mehr als Nebel und Schatten war, begriff ich, dass Rosies Mutter den Tod ihrer Tochter gerächt und Moira als Preis für den Zauber hergegeben hatte, der den Schmied vernichtete, welche Macht auch immer sie dazu angerufen hat.

Heute weiß ich, dass ich besser in den Raum hineingerannt wäre, um Moira von dem Kamin zu erzählen, in den sie die Scherbe geworfen hatte, aber damals tat ich es nicht.

Rosies Mutter hatte den Schmied vertrieben. Was außer Dankbarkeit sollte ich empfinden?

Ich versteckte mich, als sie den Speicher verließ, und ich hörte sie murmeln, dass Moira niemals Erlösung finden würde.

Ich blieb in meinem Versteck, auch als Moira an mir vorbeiglitt.

Sie bemerkte mich nicht. Die anderen Kinder waren längst fort.

Ich aber blieb bis zum Morgen, dann rannte ich in den Keller, wo die Spieluhr immer noch lag, und ich ging hin und brach ihr das singende Herz aus der hölzernen Brust, weil ich das Lied nicht verlieren wollte.

Doch wäre ich nicht geblieben, hätte ich diese Worte niemals aufgeschrieben, denn ich hätte niemals das Hämmern gehört, dass das Haus plötzlich erfüllte, das Hämmern des Schmiedes, das sich mit dem Novemberlied vermischte.

Da wusste ich, dass der Schmied nicht fort war und verstand, dass er wiederkehren würde, wenn Moira die Scherbe nicht fand.

Ich suchte sie, aber sie war fort, und ich dachte, sie wäre im Wind davongeweht worden, dachte, dass ihr Erscheinen nur ein Traum war, dass sie die Letzte gewesen sei, die der Schmied hatte verschwinden lassen.

Also ging auch ich, die Spieluhr an meine Brust gedrückt.

Ich nahm mir vor, zurückzukehren, um nach Moira zu sehen, aber ich setzte nie wieder einen Fuß nach Mirrors End, wie die Leute im Dorf das Haus nun nannten, ohne so recht zu wissen, warum. Ich sagte es ihnen nicht. Ich ging auch nicht zurück, als ich bemerkte, dass in jeder Nacht die Sterne vom Himmel fielen.

Es tut mir leid.

Alles ist gesagt. Viele Worte haben meine Hände geschrieben, mehr Blätter mit Worten gefüllt als jemals zuvor. Nun ist fast wieder Nacht. Die Sterne am Himmel werden weniger. Moira weint, und ich sehe die Sterne fallen, aber ich werde wohl nicht mehr erleben, wenn der Letzte von ihnen vom Himmel fällt, aus ihren Augen geweint.

Möge es nie so kommen, denn ist es einmal soweit, ist alles zu spät.

Ich habe getan, was ich konnte. Habe aufgeschrieben, wo sich der Schlüssel aus Schatten, Scherben und Spiegeln verbarg und ich habe das Novemberlied bewahrt, denn es ist Schlüssel und Schloss.

Möge es helfen, wenn ich nicht mehr bin, und wenn nicht, wenn diese Geschichte doch stirbt, möge Gott der Allmächtige seine schützende Hand über die Welt halten.

Kapitel 15

ERINNERUNGEN, ZU TRÄUMEN GEWORDEN

Eliza faltete das letzte Blatt zusammen. Die Melodie der Spieluhr war verstummt. Conrad Taylem schwieg, und auch Cedric sagte kein Wort. Eliza hatte die Aufzeichnungen ohne Unterbrechung vorgelesen. Vieles hatte sie schon gewusst, manches, wie die seltsamen Zauber, hatte sie sich gedacht, aber andere Teile der Erzählung fügten sich wie Puzzleteile in das Bild.

Sie merkte erst, wie trocken ihr Mund war, als Cedric ihr ein Glas Wasser reichte. Dankbar nahm sie es an. Cedric war blass, und beinah konnte Eliza die Scherben berühren, in die seine Welt gerade zerbrochen zu sein schien. Vielleicht hatte er jahrelang vergeblich versucht, dem Kästchen sein Geheimnis und dem Großvater die alten Geschichten zu entlocken, und dann war sie gekommen und hatte all das einfach so erhalten – mehr noch – sie hatte eine so unglaubliche Geschichte zum Leben erweckt, dass man gar nicht anders konnte, als sie für verrückt zu halten. Sie selbst würde so denken, wenn sie nicht mittendrin stecken würde. Doch es war kein Traum, keine Geschichte in einem Buch, das man einfach so zuklappen konnte. Sie spürte noch immer den leichten Atem ihrer Mutter, erinnerte sich genau an die weit aufgerissenen Augen, die nichts und niemand sahen.

Das Glas fiel ihr abrupt aus der Hand und zerschellte mit einem Klirren auf dem Boden.

Ihre Mutter! Wie lange war sie schon fort?

Conrad Taylem sah ihr offenbar an, welcher Gedanke sie so unmittelbar erschreckt hatte. »Keine Angst, mein Kind, ich glaube nicht, dass es deiner Mutter besser oder schlechter geht als eben. Aber dennoch sollten wir sehen, dass du so schnell wie möglich wieder zurückkommst, nicht wahr?«

Eliza nickte und verfluchte die Tränen, die ihr in die Augen stiegen. Unwirsch wischte sie sich mit dem Ärmel ihres Pullis durch das Gesicht. Der alte Buchhändler lächelte ihr aufmunternd zu, dann nahm er ihr mit einer sanften Berührung die Blätter aus der Hand. Stattdessen gab er ihr die hölzerne Kiste und den goldenen Schlüssel.

»Nimm das Novemberlied mit. Mir scheint, du wirst es brauchen.«

Wieder nickte Eliza nur matt und stand auf. Sie wollte schon zur Tür gehen da sagte der Alte: »Cedric wird dich fahren.«

Rasch sah Eliza den Angesprochenen an. Die Aufforderung seines Großvaters passte ihm nicht, denn er warf ihm einen empörten Blick zu, aber er sagte nichts, sondern nickte nur und wartete, bis Eliza neben ihm stand. Dann griff er nach einem Schlüssel auf der Ladentheke.

Als sie das Geschäft verließen, rief Conrad Taylem ihnen noch »Viel Glück« hinterher, aber weder Cedric noch Eliza drehten sich um.

Die Fahrt in dem roten Kastenwagen der Buchhandlung verlief schweigend. Nur als sie eingestiegen waren, hatte Cedric gefragt: »Mirrors End?« und Eliza hatte »Ja« gesagt, aber das waren nur Floskeln gewesen, die sie sich ebenso gut hätten sparen können.

Eliza schaute während der Fahrt aus dem Fenster. Sie fragte sich, was sie tun sollte. Das alles war so – so absolut unmöglich.

Sie merkte, dass Cedric ihr immer wieder Seitenblicke zuwarf.

»Du glaubst mir nicht, oder?«, fragte sie, als sie Mirrors End fast erreicht hatten.

Zuerst sah es so aus, als würde Cedric ihr nicht antworten, aber dann flüsterte er: »Doch. Das ist ja das Schlimme.« Er sah sie an und deutete ein leichtes Lächeln an.

»Du hast deinen Großvater auch nach Mirrors End gefragt, oder? Und nach dem Kästchen.« Sie wandte ihm das Gesicht zu.

Cedric nickte.

»Aber er hat dir nichts gesagt«, schloss Eliza.

Wieder ein Nicken. Sie fuhren über die Brücke, passierten die Weiden und schließlich hielt Cedric den Wagen an.

»Ich habe ihn oft gefragt«, sagte er, als der Motor verstummt war. »Das Kästchen – ich meine, welches Kind hätte nicht nach einem geheimnisvollen Kästchen gefragt. Ich wusste nicht, dass der Inhalt mit Mirrors End zu tun hat. Nach Mirrors End habe ich wegen etwas anderem gefragt, etwas wirklich Wichtigem. Aber er hat mir nie geantwortet. Nie.«

Zögernd hob Eliza ihre Hand, um sie tröstend auf seine zu legen, die immer noch den Schalthebel umklammert hielt, ließ sie aber wieder auf ihre Oberschenkel sinken. Stattdessen sagte sie nur: »Es tut mir leid«, denn das tat es.

Cedric nickte. »Du kannst ja nichts dafür.«

»Und trotzdem tut es weh«, stellte Eliza fest.

»Ja«, gab er zu. Nach einem kurzen Moment des Schweigens fragte er: »Kann ich sie sehen?«

Eliza runzelte die Stirn. »Wen?«

»Das Nebelmädchen.«

Sie zuckte mit den Schultern. »Am Tag ist sie unsichtbar.«

»Nicht, wenn die Vorhänge geschlossen sind«, wisperte Cedric und sah aus dem Seitenfenster, um ihrem Blick nicht zu begegnen.

Eliza brauchte einen Moment, um zu begreifen, was er da gerade gesagt hatte.

»Du hast Moira schon einmal gesehen«, stellte sie fest.

Cedric nickte und sah sie an.

»Deswegen habe ich Großvater nach Mirrors End gefragt. Wegen ihr.«

»Wann?«, fragte Eliza fassungslos.

»Es ist schon ein paar Jahre her. Das Haus stand gerade wieder leer. Niemand bleibt hier lange, weißt du?« Er zuckte mit den Schultern. »Es war eine Mutprobe. Zuerst sollte sie Mitternacht stattfinden, zur Geisterstunde, aber dann sind wir schon in der Dämmerung losgezogen. Ich war der, der hineingehen sollte, und ich tat es. Es war weder sonderlich unheimlich noch habe ich irgendwas gehört, aber plötzlich habe ich dieses Mädchen gesehen. Einen Geist. Grau und dunkel, wie aus Nebel und Schatten. Sie stand da und sah mich an.«

»Was hast du getan?«

Cedric stieß ein freudloses Lachen aus. »Was wohl. Ich habe mich tierisch erschrocken und bin weggerannt. Zur Haustür, und dann hinaus, wo ich versuchte, meine Panik zu verbergen.«

»Und dann?«

»Dann habe ich Großvater gefragt. Humbug, hat er gesagt, alles Humbug. Er wollte nichts von dem Geistermädchen hören.«

Eliza nickte bedächtig.

»Und die anderen?«

»Welche anderen?«

»Na die, die dich zur Mutprobe begleitet haben.«

Cedric zog die Augenbrauen nach oben. »Denen habe ich nichts gesagt.«

»Schon klar«, erwiderte Eliza.

Er sah sie fragend an.

»Hat es dir etwas gebracht? Ich meine, die Mutprobe zu bestehen.«

»Ach so.« Cedric zuckte mit den Schultern. »Keine Ahnung.«

»Bist du wieder hierhergekommen?«

»Nein.«

»Warum nicht?«

»Keine Ahnung. Vielleicht, weil ich mich selbst für verrückt hielt.«

Sie stiegen aus und Eliza bedeutete Cedric, ihr zu folgen. Aber bevor sie die Haustür öffnete, sah sie ihn an. »Warum hast du mich dann verrückt genannt? Als ich euch erzählt hatte, was geschehen ist.«

Verlegen sah er zu Boden. »Jahrelang habe ich mir eingeredet, das wäre nur ein Traum gewesen, eine Sinnestäuschung. Und irgendwie tat es weh, zu erfahren, dass es doch wirklich war. Und vor allem, dass mein Großvater dir einfach antwortete.«

Eliza runzelte die Stirn. »Aber er hatte doch zu diesem Zeitpunkt noch nichts gesagt …«, begann sie, aber Cedric fiel ihr ins Wort.

»Ich habe gesehen, dass er es würde.«

Und Eliza Willows, die wusste, wie unfair das Leben einem vorkommen konnte, gab nur ein verständnisvolles Lächeln zur Antwort und öffnete die Tür.

Kapitel 16

DIE VERSCHIEDENEN FARBEN VON WORTEN

Es war nur eine Kleinigkeit, aber manchmal waren es gerade die kleinen Dinge, die große in Bewegung brachten. Als Eliza das Haus mit Cedric betrat, spürte sie sofort, dass sich etwas verändert hatte.

Nicht viel, nichts Großes.

Die Melodie war leiser geworden.

Das herzschlaggleiche Hämmern hingegen lauter.

Sie sah Cedric an, aber er schien nichts zu hören.

Dann rannte sie einfach los, hin zum Schlafzimmer ihrer Mutter. Sie hörte, dass Cedric ihr folgte.

Erleichtert stellte sie fest, dass ihre Mutter noch da war. Sie lag immer noch in ihrem Bett, und einen völlig unwirklichen Moment verglich Eliza sie mit all den schlafenden Schönheiten, die sie aus den Märchen kannte. Schneewittchen. Dornröschen. Aber es war kein Märchen, und es gab auch keinen Prinzen, der ihre Mutter mit seinem Kuss erlösen würde.

Eliza betrachtete ihre Mutter. Sie atmete immer noch flach und gleichmäßig, aber im Gegensatz zu Vorhin waren ihre Augen geschlossen. War sie etwa wach gewesen?

»Ich habe ihr Lider zugedrückt«, flüsterte da eine Stimme in der Ecke. »Ich wollte nicht, dass ihre Augen austrocknen.«

Eliza fuhr herum, als Moira aus den Schatten neben sie trat.

Nur ganz blass war sie zu sehen, weil das Sonnenlicht nun trotz Vorhänge in den Raum floss.

Cedric stieß ein leises Keuchen aus und das Nebelmädchen wirbelte zu ihm herum. Beide sahen sich eine Weile sprachlos an.

»Cedric, das ist Moira. Moira - Cedric«, stellte Eliza sie schließlich einander vor. Es fühlte sich komisch an, jemanden mit einem Geist bekannt zu machen.

»Du warst schon einmal hier«, erinnerte sich das Nebelmädchen.

Cedric lief rot an und starrte stumm zu Boden.

Eliza riss beide aus der seltsam peinlichen Situation. »Wir müssen meiner Mutter helfen. Und dir.«

Moira sah sie fragend an.

»Wir müssen den Schlüssel aus Spiegelscherbenschatten finden, und dann deinen Traum. Nur wenn du erlöst wirst, wird auch der Schmied endgültig gebannt, nicht wahr?«

Das Nebelmädchen nickte mit zusammengekniffenen Lippen. Ihr Antlitz wurde noch eine Spur blasser, und sie neigte den Kopf.

Erst als Eliza ihr erzählte, was sie erfahren hatte und die Kiste mit der Spieluhr öffnete, schaute Moira ihr wieder in die Augen.

»Du weißt, wo der Spiegelfriedhof ist?«, fragte sie ungläubig.

Eliza nickte mit einem strahlenden Lächeln. »Toll, oder?«

Nie hätte sie damit gerechnet, dass Moira in der nächsten Sekunde fortglitt, als hätte es sie nie gegeben. Nie damit, dass sie wenig später ein leises Schluchzen hörte, das aus dem ganzen Haus zu kommen schien. Und nie, wirklich nie hätte sie sich vorstellen können, wie schnell Sterne in einer einzigen Nacht vom Himmel regnen konnten.

Für den Moment wusste sie nur, dass sie nicht verstand. Und dass das Hämmern im Haus wieder lauter geworden war.

Sie sah Cedric verwirrt an und fand, dass im Zimmer mit einem Male mehr Schatten waren, als es hätten sein können. Ihre Mutter lag immer noch wie schlafend da.

»Was habe ich denn gesagt?«, fragte sie leise in den Raum, nicht sicher, ob sie auf diese Frage überhaupt eine Antwort wissen wollte.

Cedric schaute sie an. »Du hast ihr gesagt, dass du weißt, wo sich der Schlüssel zu ihrem Tod verbirgt. Ich glaube, so etwas hört niemand gerne.«

»Was?«

»Wenn du sie erlöst, wird der Schmied gehen, für immer. Aber auch sie ist dann fort. Wenn du ihren Traum findest, dann wird sie sterben.«

»Aber …«, begann Eliza, die immer noch nicht verstand.

»Es ist etwas anderes, zu hoffen, dass man erlöst wird, als es zu wissen. Es verändert die Zeit. Es macht sie kürzer.«

Und da begriff Eliza. Wie hatte sie nur so blind sein können?

Natürlich wusste Moira, dass es nur so gehen konnte, dass es wichtig war, ihren Traum zu finden, um sie zu erlösen. Sie wusste, dass es sein musste, damit der Schmied nicht wieder die Welt verdunkelte. Aber das machte es nicht gleich einfach oder gar zu einer schönen Vorstellung. Wie jeder Mensch hatte auch sie erwartet, noch Zeit zu haben, sogar ewig viel Zeit, und jetzt, wo sie wusste, wo sich der Schlüssel befand, war ihr dieser Glaube genommen worden.

»Ich muss sie finden«, wisperte sie. »Sie muss aufhören zu weinen. Wenn kein Stern mehr am Himmel steht, ist alles zu spät.«

Kapitel 17

NICHT MEHR ALLEIN

Sie rannte hinauf in ihr Zimmer und dann auf den Speicher. Staub tanzte mit den Sonnenstrahlen, aber Moira war nicht zu sehen. Eliza hörte sie nur. Langsam ging sie auf den Schaukelstuhl zu, der sich sachte bewegte.

Sie streckte die Hand aus und hielt den Stuhl an.

Augen aus Meeresleuchten und Himmelssehnen sahen sie an. Eine goldene Träne fiel aus ihnen herab.

»Es tut mir leid«, flüsterte sie, schon zum zweiten Mal an diesem Tag. »Ich wollte dir nicht wehtun. Ich wollte nicht, dass du denkst, ich will dich loswerden. Ich werde traurig sein, wenn es so weit ist.«

Zunächst sagte das Nebelmädchen nichts, und Eliza fürchtete, dass wieder eine Träne ihren Augen entfliehen würde, die einen weiteren Stern vom Himmel fallen ließ.

Aber dann flüsterte Moira: »Ich weiß ja, dass es sein muss. Die ganze Zeit wusste ich es schon. Ich bin der letzte Traum, den der Schmied träumt. Manchmal habe ich mir den Tag auch herbeigesehnt, an dem ich nicht mehr erleben muss, wie die Nächte dunkler werden und das Hämmern lauter. Und doch«, ein Beben durchfuhr ihren schemenhaften Körper, »es ist eben mein Leben. Danach werde ich nicht mehr sein. Nicht einmal mehr so.« Sie hob die Hände und betrachtete die Nebel und Schatten, von denen sie gemalt wurden.

Eliza nickte bloß stumm, weil es nichts gab, das Moira trösten konnte. Sie kam sich schrecklich vor. Wie ein Arzt, der einem Patienten gesagt hatte, wie lange er noch zu leben hatte.

Moira erhob sich aus dem Schaukelstuhl und trat dorthin, wo die Sonnenstrahlen sie nicht erreichten. Die Schatten ließen sie deutlicher erscheinen.

Immer noch glitzerten Tränen in den grüngoldenen und zugleich silberblauen Augen, aber sie weinte nicht mehr.

»Der Kamin also«, wiederholte sie, was Eliza ihr zuvor berichtet hatte.

»Ja, scheinbar«, antwortete Eliza.

»Ich habe ihn durchsucht. Ich bin sogar hinaufgeschwebt. Da war nichts.«

Noch einmal erzählte Eliza, was sie in den Aufzeichnungen von Clara Taylem gelesen hatte.

»Clara«, murmelte Moira, als sie den Namen erwähnte. »Ich kann mich an sie erinnern. Sie war immer recht still, hat nicht viel gesagt.« Für einige Sekunden schwieg sie, dann sagte sie erneut: »Aber im Kamin ist nichts.«

»Vielleicht ja doch«, erwiderte Eliza und legte ihre Hand auf die hölzerne Kiste, in deren Herz eine Spieluhr ein altes Lied singen konnte.

»Was ist darin?«

»Die Spieluhr«, antwortete Eliza. »Die Spieluhr, die Rosies Mutter einst benutzte.«

»Das Novemberlied«, wisperte Moira erstaunt.

»Ja.«

»Ich höre es jeden Tag. Wie das Hämmern. Aber das Lied wird leiser. Und dunkler. Alles wird dunkler, irgendwie, mit jedem Schlag.«

»Und mit jeder Träne«, fügte Eliza hinzu. »Du darfst nicht mehr weinen.«

Das Nebelmädchen nickte. »Ich werde es versuchen.« Eine kleine Pause entstand. »Also der Kamin«, wisperte sie dann abermals.

Eliza nickte und griff nach der Hand aus Nebel.

Moira lächelte dankbar, und gemeinsam gingen sie nach unten.

Eliza fand, dass die Schatten im Haus tiefer geworden waren.

»Früher«, sagte Moira, »war es immer so dunkel.«

Schweigend gingen sie zurück ins Schlafzimmer, wo Cedric am Bett ihrer Mutter stand, die immer noch schlief.

Fragend sah er sie an, aber sowohl Eliza als auch Moira lächelten und er nickte.

»Meint ihr, wir können auch sie retten?«, fragte Eliza in den Raum.

Keiner der beiden sagte etwas, und auch wenn sie wusste, dass sie es nur taten, weil sie ihr nichts falsches versprechen wollten, wünschte sich Eliza Willows in jenem Moment, dass sie lügen würden, dass sie einfach sagten, dass alles gut werden würde. Aber sie taten es nicht, und als Eliza durch die Vorhänge schemenhaft den roten Kastenwagen des Buchladens sah, erinnerte sie sich, dass Cedric sie nur hierhergefahren hatte.

Sie sah ihn an. »Du willst bestimmt gehen, oder? Ich meine, dein Großvater wartet sicher auf dich.«

Sie hoffte, dass er die Traurigkeit in ihrer Stimme nicht bemerken würde, denn für einen Moment hatte sie gedacht, nicht allein in dieser Geschichte zu stecken, aber in den dunklen Geschichten war man meistens allein.

Cedric aber sah sie verwundert an und sagte dann, fast wütend: »Du willst, dass ich gehe?«

Eliza stutzte. »Nein, aber … ich meine … wir kennen uns doch nicht … und du …«

Sie hielt inne, weil sie nicht mehr wusste, was sie sagen sollte. Verdammt, sie kannte ihn nicht, und außerdem war sie nicht gut im Umgang mit Menschen.

»Stimmt«, gab Cedric zu. »Wir kennen uns nicht. Aber ich bin schon einmal von hier fortgelaufen. Wer weiß, ob all das hier«, er deutete auf Elizas Mutter, »geschehen wäre, wenn ich damals geblieben wäre. Und außerdem will mein Großvater bestimmt die Kiste heil zurück.«

Später würden sie sich an diesen Moment mit einem Kopfschütteln erinnern, denn nichts sollte bei den weiteren Geschehnissen so unwichtig werden wie der Erhalt der hölzernen Kiste. Aber noch ahnten sie nichts von der Finsternis, die sie bald betreten würden, von den kalt blitzenden Schatten und funkelblassen Spiegelgräbern. Und so freute sich Eliza einfach nur, doch nicht allein zu sein.

Kapitel 18
SCHATTENSCHLÜSSEL

Es gibt nie eine richtige Zeit für unangenehme Dinge, keinen passenden Moment. Eine Weile standen sie nur da, um das Bett von Elizas Mutter herum, nicht genau wissend, was von ihnen verlangt wurde. Eliza kam es so vor, als hätte man ihr eine halbe Wegbeschreibung in die Hände gegeben, die ihr zwar das Ziel zeigte, nicht aber den ganzen Weg, und nichts außer einer Spieluhr, die ihnen helfen sollte.

Das Lied sei Schlüssel und Schloss, so hatte es Clara Taylem einst ausgedrückt. Ein paar Mal klappte Eliza den Deckel der Kiste auf und zu, ließ die Melodie beginnen und beendete sie dann abrupt wieder.

Cedric untersuchte währenddessen den Kamin, konnte aber nichts Auffälliges entdecken, und Moira sah aus dem Fenster in den Himmel, als gäbe es dort etwas zu sehen, das anderen Augen verborgen blieb. Im Stillen fragte sich Eliza, wie viele Sterne noch am Himmel standen und wie viel Zeit ihnen noch blieb. Wie viel Zeit mochte ein Stern wiegen?

Manchmal strich sie ihrer Mutter nachdenklich über die Wange und flößte ihr ab und an ein wenig Wasser ein. Kurz hatte sie daran gedacht, doch einen Arzt zu rufen, aber sich dann wieder dagegen entschieden.

Zuerst würden sie der Spur der Geschichte folgen, die dieses Haus umgarnte.

Draußen wurde es langsam dunkel.

Eliza drückte ihrer Mutter einen Kuss auf die Wange, dann stand sie auf und ging ins Wohnzimmer.

Wie lange war es her, seit sie mit ihrer Mutter vor dem gemütlichen Feuer gesessen hatte? Keine zwei Nächte.

Wie schnell sich die Welt ändern konnte. Manchmal, so dachte Eliza, dreht sie sich schneller, als Herzen schlagen können.

Vor dem Kamin blieb sie stehen, schaute ihn sich an. Asche lag auf dem Boden davor. Nachdenklich betrachtete Eliza das Holzkästchen, das sie immer noch in Händen hielt. Eigentlich wusste sie schon, was zu tun war.

Moira hatte es ihr erzählt, und auch Clara Taylem hatte davon geschrieben.

Schlüssel und Schloss.

Sie sah Cedric an, der immer noch die Kamintäfelung abtastete. Er hielt in seinen Bewegungen inne und erwiderte ihren Blick.

Sie gab ihm das Kästchen.

»Ich möchte, dass du es aufmachst, wenn ich es dir sage und darüber wachst, dass niemand es schließt, bis ich wieder zurück bin.«

»Was? Aber ich … du kannst doch nicht …«

»Bitte, Cedric. Versprich es.«

Aber er schüttelte den Kopf. »Ich gehe mit dir.«

»Jemand muss hierbleiben und auf die Spieluhr achten.«

»Das übernehme ich.« Moira war so unvermittelt neben ihnen aufgetaucht, dass Eliza erschrak. Die Dunkelheit malte helle Schatten auf das Gesicht des Nebelmädchens, deren Augen ein wenig von ihrem Glanz verloren zu haben schienen.

»Du?«

Moira nickte. »Es ist das Einzige, was ich für euch tun kann, nicht wahr?«

Cedric sah Eliza an. »Und wer weiß, was passiert. Vielleicht kommt die Scherbe ja auch einfach zu uns, wenn wir die Dose öffnen.«

Eliza sah ihm an der Nasenspitze an, dass er selbst nicht daran glaubte. Es war von einem Spiegelfriedhof die Rede gewesen. Keiner von ihnen hatte das vergessen.

Eine Weile standen sie einfach nur da und sahen sich an. Cedric, Eliza und Moira. Sie konnte es nicht benennen, aber etwas in ihr sträubte sich, dem Nebelmädchen die Spieluhr zu überlassen. Vielleicht die Dunkelheit, die plötzlich aus Moiras Augen zu sprechen schien, vielleicht glaubte sie auch einfach nicht, dass das Nebelmädchen ihr bevorstehendes Ende einfach so akzeptierte.

I will not go down under the ground 'cause somebody tells me death's coming around sang Bob Dylan in ihrem Kopf, aber sie bezweifelte, dass Moira das Lied kannte. Dennoch, es passte. Die Angst war eine Verräterin, ja, das hatte Moira selbst gesagt. Aber Freunden musste man vertrauen, selbst dann, wenn man nur wollte, dass sie einmal zu Freunden wurden.

Die Angst war auch eine Fesselkünstlerin, erinnerte sich Eliza. Entschlossen reichte sie Moira die Kiste mit der Spieluhr. Sie würde sich nicht fesseln lassen.

Das Nebelmädchen lächelte und Cedric atmete erleichtert auf.

»Wollen wir warten, bis es dunkel ist?«, fragte er.

»Warum?«

Er zuckte mit den Schultern. »Keine Ahnung.«

Aber Eliza wusste, was er meinte. Für einen Moment hatte sie den gleichen Gedanken verfolgt, hatte an nächtliche Rituale und anderes in dieser Art gedacht. Aber sie schüttelte den Kopf.

Es würde keinen richtigen Zeitpunkt geben. Den gab es nie. Nur ungenutzte Momente.

Sie stellte sich neben den Kamin und wartete, bis Cedric neben ihr stand. Er schaukelte unruhig von einem Fuß auf den anderen und war längst nicht so entspannt, wie er es zu sein vorgab.

Sie nickte Moira zu, und das Mädchen aus Schatten und Nebel öffnete die Spieluhr. Das Novemberlied erklang, übermalte den hämmernden Herzschlag des Hauses. Im nächsten Moment starb die Dunkelheit um sie herum, und aus dem Kamin begann es, unheilvoll zu leuchten. Es war ein kaltes Licht, dem sie entgegenblickten, eines, das keine Hoffnung am Ende des Tunnels verheißen ließ.

Und dieses Licht, so schien es, wurde größer und größer und kam näher und näher, und schließlich griff es nach Eliza und Cedric, zog sie fort, hinein in den Kamin, als wäre er wirklich ein Tunnel und das Licht an seinem Ende mehr als ein bildlicher Vergleich.

Eliza merkte, dass sie sich fortbewegte, aber sie konnte nichts sehen. Trotz all des Lichts war es dunkel um sie herum, und plötzlich war da wirklich ein Moment voller Dunkelheit, der von einem Gefühl, als würde man ins Bodenlose fallen, beendet wurde.

Kapitel 19

DER FRIEDHOF DER SPIEGEL

Silbergrelles Licht blendete sie, glitzernd wie frisch gefallener Schnee. Es brauchte einen Moment, bis sich ihre Augen an die Helligkeit gewöhnt hatten, und noch einige Momente mehr, bis sie sich eingestanden, wirklich zu sehen, was sie sahen. Sie waren auf einem Friedhof, aber es war kein gewöhnlicher. Es gab keine Grabmale aus Stein, keine Mausoleen mit Engeln oder schlichte Kreuze aus Holz und Eisen. Nirgendwo verbreitete eine Grabkerze ihr flackerndes Licht, und es gab weder Steinplatten noch Blumen oder auch nur Gras, wie es in verschiedenen Ländern Sitte war.

Und doch war es ein Friedhof, denn da waren Grabsteine. Halb umgefallene, liegende und aufrecht stehende Grabsteine, und ein jeder von ihnen schien aus einem Mosaik aus Scherben zu bestehen: glänzende und ganze, durchscheinende und rissige, spiegelnde und milchige, glatt geschliffene und matte. Hundertfach spiegelten sich Cedric und Eliza in den kleinen Spiegelsplittern, und Eliza bekam das ungute Gefühl, selbst in ebenso viele Scherben zerbrochen zu werden. Überall lag feiner, weißer Glasstaub, der das silberhelle Licht wie kleine Diamanten reflektierte und irisierend brach.

Alles war still; still und hell, und doch war es kalt und dunkel, denn es war jene Art von Licht, das nur frostige Helligkeit mit sich brachte.

Darüber hinaus schien irgendetwas falsch zu sein, aber Eliza konnte nicht greifen, was es war.

Cedric durchbrach die Stille. Seine sonst so sichere Stimme zitterte: »Wo sind wir hier?« Damit formulierte er genau die Frage, die auch sie hätte stellen können, obwohl sie die Antwort schon kannte.

Sie waren auf dem Spiegelfriedhof, den Rosies Mutter gegenüber Moira erwähnt hatte, dem Ort, an den sie den Schlüssel aus Spiegelscherbenschatten gebracht hatte, in dem sie ihn mit Hilfe des Novemberliedes durch den Kamin geschickt hatte. Es konnte nicht anders gewesen sein.

Sie teilte Cedric mit, was sie dachte, und der Enkel des Buchhändlers nickte. Er sah sich um. »Und wo sollen wir hier mit der Suche beginnen? Der Scherbenschlüssel könnte überall sein.«

»Den Schlüssel aus den Schatten von Scherben«, korrigierte Eliza ihn, die, kaum waren die Worte gesprochen, erstarrte. Jetzt wusste sie, was falsch war.

Es gab keine Schatten, nirgends.

Cedric starrte sie verwirrt an. »Was?«, fragte er ungeduldig.

»Es gibt hier keine Schatten«, flüsterte Eliza, und als Cedric mit einem Blick feststellte, dass sie Recht hatte, wurde auch er still.

»Und jetzt?«, fragte er.

Eliza konnte nichts anderes tun, als mit den Schultern zu zucken.

Cedric kniff wütend die Lippen zusammen, aber er sagte nichts.

Eine Weile lang blieben sie einfach stehen.

Elizas Gedanken kreisten um diesen Ort, um die fehlenden Schatten, die Gräber, aber immer wieder flackerten sie auch nach Mirrors End. Tränen stiegen ihr in die Augen, und leise, mehr für sich als für Cedric, wisperte sie: »Wir wissen nicht einmal, wie wir zurückkommen können.«

Das Geräusch von einem Tritt und das Aufwirbeln von Scherbenstaub sagten ihr jedoch, dass Cedric die Worte sehr wohl gehört hatte.

Danach war wieder alles still. Eliza stand einfach nur da, während Cedric mal nach hier und mal nach da ging.

»Au!«, schrie er plötzlich, und riss Eliza mit diesem Schrei aus ihren Gedanken. Rasch ging sie zu ihm. Er kniete vor einem der Gräber und presste seinen Mund auf einen Finger.

»Was ist passiert?«, fragte sie.

»Geschnitten«, nuschelte Cedric an dem Finger in seinem Mund vorbei. Er löste die Hand von seinen Lippen und fügte hinzu: »Ich wollte rausfinden, wer hier begraben ist. Ich dachte, wenn ich den Staub ein wenig fortwische, kann ich vielleicht einen Namen oder so erkennen, aber da sind nur Scherben.«

Er betrachtete seinen Finger, an dem sich ein langer Schnitt wieder mit Blut zu füllen begann. Eliza holte ein Taschentuch aus der Hosentasche und reichte es ihm.

»Danke«, sagte Cedric schlicht. Eliza nickte nur.

»Was glaubst du, wer hier begraben ist?«, fragte er.

»Keine Ahnung«, antwortete Eliza schulterzuckend und sah sich um. »Ich habe das Gefühl, überhaupt nichts zu wissen.«

Cedric nickte. »Vielleicht sollten wir einfach beginnen, zu suchen«, schlug er vor.

»Ja, vielleicht. Auch wenn ich nicht die geringste Idee habe, wie man einen Schlüssel aus Schatten finden soll, wenn es nirgendwo einen Schatten gibt.«

Sie gingen einige Schritte, die Augen fest auf den Boden gerichtet, aber als Eliza Cedric erschrocken keuchen hörte, sah sie auf und erstarrte ebenso wie er.

Es schien, als hätten sie herausgefunden, wer an diesem Ort begraben war, denn hinter den Gräbern, hinter jedem einzelnen, stand ein Kind, oder besser gesagt, der Geist eines Kindes. Wie Moira schienen sie aus Schatten und Nebel zu sein, aber ihre Augen waren nicht wie Meeresleuchten und Himmelssehnen, die Augen all dieser Kinder waren matte Glasmurmeln ohne jede Farbe, ohne jeden Blick. Sie sahen nichts und spiegelten nichts, und obwohl sie weiß waren, schienen die Augen der Kinder voller Staub und Dreck und Traurigkeit zu sein.

All diese toten Augen waren auf sie gerichtet.

»Ich glaube«, flüsterte Eliza, »das sind die Kinder aus der Schmiede. Die, die verschwunden sind.« Sie sah Cedric dabei an, aber er war es nicht, der ihr antwortete.

Kapitel 20

DIE ZAUBER AUS PAPIER

»Es sind nicht die Kinder. Es sind die toten Träume dieser Kinder, oder noch besser gesagt: die Erinnerung der Träume an die Kinder, die sie einst erträumten.«

Cedric und Eliza wirbelten zeitgleich herum, aber sie konnten niemanden entdecken. Sie sahen nur weitere Kinder, und zum Teil schien es, als wären sie nähergekommen. Unwillkürlich wich Eliza einen Schritt zurück.

»Sie kommen näher«, bestätigte die Stimme, und als sie sich dieses Mal umsahen, trat hinter einem der Gräber ein gebücktes altes Weib hervor, nicht größer als der Grabstein, hinter dem es sich verborgen hatte. Es schien vollends aus Papier zu bestehen, das zum Teil ordentlich gelegt und gewickelt war, an anderen Stellen aber hing es in Fetzen herab. Hier und da blitzten einige Buchstaben auf, handgeschrieben, verschnörkelt und bis ins Unleserliche verblasst. Manche Stellen waren vergilbt, andere schienen brüchig wie das alte Fotoalbum auf dem Speicher von Mirrors End. Anstelle von Augen hatte es Münzen, die eine silbern, die andere golden. Haare aus gedrehten Papierstücken waren zu einem Dutt zusammengeklebt, und die Blätter, die ein Gesicht formten, waren faltig und rissig, wie alte Haut.

Auch die Kleidung war aus Papier geschneidert, auch hier teils ordentlich gefaltet, teils lumpig zerrissen. Überall hingen Dinge, hier ein Schlüssel, dort eine Scherbe, und immer wieder leise klimpernde Münzen.

Fasziniert ging Eliza einen Schritt auf das Weib zu, aber Cedric hielt sie fest. »Nicht«, zischte er. Eliza hörte nicht auf ihn und ging in die Hocke.

»Wer bist du?«

Das Papierweib neigte den Kopf zur Seite und sah sie an.

»Ich bin die Zauber«, sagte es.

»Die Zauber?«, wiederholte Cedric fragend. »Du meinst sicherlich der Zauberer, oder die Zauberin, oder?«

Die kleine Frau aus Papier schüttelte den Kopf. »Nein. Ich bin die Zauber.«

Kapitel 21

DER, DER DIE NACHT STAHL

Ihre Stimme knisterte wie Papier, das man in den Händen zusammenknüllte.

»Ich bin die Zauber und ich kenne all die toten Träume. Sie alle sind in meinem Herzen. Nicht alle sind vom Schmied geträumt, mein Herz reicht weiter, manche Träume sind älter. Keine jünger. Ich werde kleiner.«

»Du bist der Zauber, der die Spiegel sterben lässt«, stellte Eliza nach einigen Minuten des Nachdenkens fest.

Das Papierweiblein nickte. »Nicht nur einer von ihnen. Ich bin sie alle.«

»Weißt du etwas über einen Schlüssel aus Spiegelscherbenschatten?«, fragte Eliza sie.

Das alte Weib neigte den Kopf. »Hier ist kein Schatten, denn jemand stahl die Nacht.«

»Was?« Elizas Stimme hatte jeden Klang verloren und sie drohte, das Gleichgewicht zu verlieren. Cedrics Hand legte sich auf ihre Schulter und hielt sie fest. Auch er beugte sich nun näher zu dem Gesicht aus Papier. »Heißt das, wir können den Schlüssel nicht finden?«

Das Weiblein schüttelte den Kopf. »Das habe ich nicht gesagt. Das war auch nicht gefragt.«

Cedric schnaubte, erkundigte sich dann aber: »Weißt du, wo wir den Schlüssel aus Spiegelscherbenschatten finden?«

Das Weiblein zuckte mit den Schultern. »Gibt so viele Schlüssel hier, so viele.« Sie hob die Arme, und an den Ecken und Fransen der Blätter, die man so sehen konnte, baumelten hier und da Schlüssel, klein und groß, geschwungen und schlicht. Manche glänzten, andere nicht, und an einigen Ecken sah es nur so aus, als würde dort ein Schlüssel hängen, obwohl keiner zu sehen war.

Eliza zeigte auf einen von ihnen. »Das ist ein Schattenschlüssel, nicht wahr?«

Die Alte nickte. »Ja, ja, in mir leben die Schatten noch, denn ich bin die Zauber. Aber ihr sucht einen anderen Schlüssel. Die Schlüssel, die ich trage, sind tot. Keiner öffnet mehr eine Tür.«

»Wo ist dann der Schlüssel, den wir suchen?«, herrschte Cedric sie ungeduldig an. Das Papierweiblein zuckte raschelnd zusammen, Münzen und Schlüssel klirrten wie zerbrechendes Glas. Eliza hob beschwichtigend die Hand und warf Cedric einen wütenden Blick zu. Er schwieg, aber sie konnte die Ohnmacht in seinen Augen lesen.

»Kannst du uns sagen, wo der Schlüssel ist, den wir suchen?«

»Der, der die Nacht stahl, hat ihn.«

Die Alte aus Papier bewegte den Kopf so, dass sie an Eliza und Cedric vorbeisehen konnte.

Eliza drehte sich um.

Zuerst verstand sie nicht, was das Papierweiblein meinte, dachte zunächst, es seien nur die Kinder. Sie hatten einen Kreis um sie geschlossen. Dann aber sah sie ihn.

Er war noch nicht bei ihnen, aber er kam unaufhaltsam näher.

Der Schmied, schoss es Eliza durch den Kopf, aber noch im selben Sekundenbruchteil verbesserte sie sich. *Der Teufel*, denn es war ein Teufel, der dort auf sie zukam. Groß war McLear gewesen, groß und grobschlächtig, mehr ein Berg als ein Mann, jemand, der nach Kraft und Angst und Schmerz aussah. Auch er war nur ein Schemen, wie die Kinder, wie Moira; doch während die Kinder einfach nur ins Nichts starrten und Moiras Augen wie Meeresleuchten und Himmelssehnen waren, floss ihnen selbst auf die Entfernung Dunkelheit aus seinen Augen entgegen, schwarz und hungrig.

»Er hat die Nacht gestohlen«, wimmerte das Papierweiblein und duckte sich. »Er hat den Schlüssel.«

Und tatsächlich konnten Cedric und Eliza an seiner nebelgrauen Brust einen Schlüssel erkennen. Schattenschwarz war er, aber in der Mitte leuchtete er grüngold und silberblau. Wie Moiras Augen. Mehr aber noch wurden Elizas Blicke von der Gestalt neben ihm gefesselt. Eine Erscheinung, die man fast nicht erkennen konnte, weil sie nur ein Flimmern in der Luft war, und doch zerriss der Anblick Eliza das Herz, und die schimmernd kalte Spiegelwelt um sie herum verblasste für einen Moment, als sie das hellblaue Leuchten in den Augen sah; Augen, die eben noch, in einer anderen Welt, nichts hatten halten können.

»Mom«, flüsterte sie fassungslos, und als wäre das Wort ein Schlüssel gewesen, der in der Stille eine Tür öffnete, erklang es plötzlich wieder - das herzschlaggleiche Hämmern.

Die Kinder bildeten eine Gasse für den Schmied und seine Begleitung.

Das Papierweiblein stieß ein angstvolles Wimmern aus und machte sich knitternd noch kleiner, als es ohnehin schon war. »Er soll gehen«, wisperte es mit knisternder Stimme. »weit, weit weg.«

Obwohl Eliza selbst nach weglaufen zumute war, strich sie der alten Frau aus Papier tröstend über die raschelnden Schultern.

»Was sollen wir tun?«, fragte Cedric leise.

»Ich weiß nicht, ich weiß es nicht. Er hat den Schlüssel. Und meine Mom!« Die Angst hatte sich in ihre Stimme geschlichen und sie hoch und panisch klingen lassen. Die Hand, die das Papierweiblein beruhigen wollte, zitterte wie ein verdorrtes Blatt im Wind.

Cedric achtete nicht auf ihre Worte, er wiederholte nur die Frage, und Eliza begriff, dass er nicht sie, sondern das Weiblein aus Zauber und Papier gefragt hatte.

Erwartungsvoll sah sie in die Münzaugen.

»Den toten Träumen eine Träne entlocken müsst ihr. Der Nacht ins Angesicht sehen. Den Schlüssel mit dem Regenbogen erkaufen. Den Zaubern versprechen, sie nicht zu vergessen. Das Lied finden. Mit der richtigen Münze die Spiegel euch öffnen. Den Schatten mit euch reißen.«

Kapitel 22

VERGESSENE NAMEN, LEISE GEFLÜSTERT

Mitunter, so scheint es, machen Worte blind. Eliza Willows, die Bücher und Geschichten gleichermaßen liebte und kannte, hatte in dem Moment, als das Papierweiblein ihre seltsamen Worte aussprach, genau dieses Gefühl einer ohnmächtigen Blindheit. Aber oftmals sind es gerade solch dunkle Zeiten, in denen man den Wert eines Menschen erkennt, obwohl er bis dahin nichts als ein Name oder eine Momentaufnahme war, ein bloßer Zufall.

Es war Cedric, der Eliza in jenen Augenblicken aus der Blindheit riss, Cedric, der ein Versprechen gab, ohne darüber nachzudenken, dass ein jedes Versprechen Konsequenzen mit sich brachte.

»Ich verspreche, Euch nicht zu vergessen«, sagte er zu dem Weiblein aus Papier, und löste so die erste der rätselhaften Anweisungen der Alten.

Die sah ihn an, stumm und eindringlich, dann schloss sie die Augen. Lider aus Papier legten sich über die Münzen und im nächsten Moment fielen die beiden Taler, die gerade noch Augen gewesen waren, wie Tränen zu Boden. Cedric und Eliza tauschten kurz einen Blick aus, in dem Dankbarkeit und das Wissen darum standen, wandten sich aber gleich wieder dem Papierweiblein zu, dessen Körper von einem unsichtbaren Wind auseinandergeweht wurde, als wären die Münzen das Einzige gewesen, was ihn zusammengehalten hatte. Ihre Stimme aber blieb noch für einen Augenblick. »Flieht«, wisperte sie, »flieht und findet die Träne. Bedenkt, auch ein Name kann ein Zauber sein.« Der Staub umwirbelte Cedrics Mund einen Moment und ließ ihn husten.

Dann war das Papierweiblein fort.

Cedric hob schweigend die Münzen auf und steckte sie in die Taschen seiner Jeans. Er richtete sich wieder auf und sah die Gasse zwischen den Kindern entlang.

Der Schmied hatte sie fast erreicht, und mit ihm Elizas Mutter.

Eliza sah sie an, suchte ihren Blick, doch nichts Vertrautes lag in den eisblauen Augen. Cedric rüttelte an ihrer Schulter. Sie wusste, dass sie fliehen mussten, wie das Papierweiblein es ihnen gesagt hatte, aber der Anblick ihrer Mutter hielt sie fest.

»Komm!«, drängte Cedric. Er schüttelte sie und riss an ihr, aber sie war nicht fähig, sich zu rühren. »Mom«, flüsterte sie nur. Aber als Cedric ihren Namen raunte, ganz leise nur, wischte sie sich eine Träne aus dem Augenwinkel und folgte ihm. Sie rannten durch Reihen von Nebelkindern, wichen ihnen aus und wo es nicht ging, liefen sie durch sie hindurch, und mit jedem Körper, den sie berührten, spürten sie nichts als bis zum Bersten mit Tränen gefüllte Traurigkeit. Einzig, nicht eine Träne floss aus den milchmatten Murmelaugen.

Die Kinder ließen sie passieren, hinderten sie nicht daran, sich einen Weg über spiegelsplittrige Grabsteine hinweg oder an ihnen vorbei zu suchen, bis sie nicht mehr konnten.

Keuchend ließen sie sich hinter einen Grabstein sinken.

Cedric spähte dahinter hervor.

»Der Schmied«, schnaufte er. »Er folgt uns nicht.«

Eliza brauchte einen Moment, um genug Atem für eine Antwort zu haben. Die Seiten taten ihr weh, aber als es wieder ging, sagte sie leise: »Er braucht uns nicht zu folgen. Er weiß, dass wir nicht ohne den Schlüssel gehen werden – und nicht ohne sie.« Ohne es zu wollen, stiegen ihr Tränen in die Augen und ließen ihre Worte in einem leisen Schluchzen ertrinken.

Natürlich wusste sie, dass Weinen nichts brachte, aber manchmal, so schien es, war es das Einzige, was man zu tun im Stande war, und so weinte sie; sie weinte, bis es keine Tränen mehr zu geben schien und sie begriff, dass sie nicht allein war. Cedric Taylem war bei ihr, und als sie in Tränen ausgebrochen war, hatte er das Einzige getan, was in einer solchen Situation wirklich half. Er hatte sie in den Arm genommen und festgehalten.

Erst, als sie sich ein wenig beruhigte, sagte er leise: »Wir finden diese Träne schon. Und dann holen wir uns den Schlüssel.« Seine Stimme klang rauer und trockener als zuvor, aber Eliza maß dem in dieser Sekunde keine Bedeutung bei. Sie sah ihn nur an und nickte irgendwann. Natürlich waren seine Worte nur Trost – aber sie halfen, weil es Augenblicke gab, in denen die ungewisse Wahrheit zu weh tat.

»Sie hat gesagt, jeder Name kann ein Zauber sein«, erinnerte Eliza sich der Worte des Papierweibleins. »Ich glaube, das war ein Hinweis, wie wir die Träne finden können.«

Cedric nickte. Er sah sich um. Auch hier standen Kinder auf Gräbern.

»Vielleicht ist es ganz einfach …«, murmelte er und stand auf. Verwundert tat Eliza es ihm nach. Sie sah sich nach dem Schmied um. Er stand dort, wo sich das Papierweiblein in Luft aufgelöst hatte und schaute in ihre Richtung.

Als sie den Blick abwandte, bemerkte sie, dass Cedric bereits weitergegangen war. Rasch folgte sie ihm. Er ging eine Grabreihe entlang und blieb vor jedem Kind stehen, sagte etwas und ging dann nach einem Moment des Wartens weiter. Als sie ihn erreichte, bemerkte Eliza, dass er jedem der Kinder einen Namen zuflüsterte.

»Was machst du?«, fragte sie und wollte nach seiner Hand greifen, um ihn anzuhalten, aber er entzog sich ihr mit einer raschen Bewegung und verbarg sie unter der anderen.

Eliza runzelte argwöhnisch die Stirn, aber Cedric lenkte ihre Aufmerksamkeit von seinem seltsamen Verhalten ab, indem er die Frage beantwortete: »Ich versuche, die Namen der Kinder zu erraten. Ich glaube, wenn wir ein Kind beim Namen nennen können, erhalten wir die Träne eines toten Traumes. Denn das sind die Kinder doch, nicht wahr? Tote Träume.«

Kapitel 23

DER PREIS EINES VERSPRECHENS

Manchmal sind die Dinge einfach. Und dann auch wieder gleichzeitig nicht, aber dennoch nickte Eliza und schlug sich mit der Hand gegen die Stirn. Natürlich! Wie nur hatte sie das übersehen können?

Sie sah die Kinder an, an denen sie vorbeigingen, und wie Cedric nannte sie auch Namen, aber es geschah nichts, und bald erlosch der kleine Funke Hoffnung. Es gab zu viele Kinder, zu viele Namen.

Dann aber sah sie ein Gesicht unter all den Kindergesichtern, das sie kannte. Ein Mädchen war es, mit langen Zöpfen und schattenfarbenen Sommersprossen im Gesicht. Wie alle Kinder hatte es glanzlose Augen, aber da waren Grübchen in dem Nebel um ihren Mund, die an ein Lächeln erinnerten.

»Rosie«, wisperte sie, die verblasste Zeichnung vor Augen, die sie nur Nächte zuvor in dem alten, brüchigen Fotoalbum betrachtet hatte. Mit dem Namen auf den Lippen lief sie zu dem Mädchen, und als sie ihn wiederholte, verfärbte sich das matte Glas in dessen Augen in ein regenbogenfarbenes Schimmern, und eine einzelne, gläserne Träne fiel zu Boden, wo sie im glitzernden Glasstaub liegen blieb. Eliza hatte dem fallenden Tropfen nachgesehen und hob ihn auf. Als sie sich wieder aufrichtete, war Rosie verschwunden.

»Traumschatten sterben, wenn sich ihrer jemand erinnert«, flüsterte Cedric hinter ihr leise. Seine Stimme war noch rauer geworden, erinnerte fast an ein Rascheln.

Im ersten Moment achtete Eliza nicht auf seine Worte, zu erleichtert war sie, auch dieses Rätsel gelöst, diese Aufgabe erfüllt zu haben, doch die Freude währte nur so lange, bis sie Cedric ansah. Sie erstarrte.

»Was geschieht mit dir?«, fragte sie, die Worte vor Entsetzen schwach und leise.

Cedric sah sie nur an, sagte nichts, und es war auch nicht nötig.

Eliza Willows kannte die Antwort, schrecklich, wie sie war.

Cedric Taylem verwandelte sich in einen Jungen aus Papier.

Schon jetzt war sein Körper zum Teil mit Blättern und Fetzen umwickelt, mal vergilbt, mal brüchig, mal beschrieben, mal blanko.

»Ich habe es versprochen«, sagte er leise. Seine Augen waren dunkler geworden.

Eliza schüttelte den Kopf. »Nein. Das geht nicht. Das …«

Cedric lächelte. Ein Lächeln, das schon halb aus Papier war. Es war jene Art von Lächeln, die Tausende von Worten zu ersetzen vermochten und doch kein einziges sagten. Sein Papierfinger fing eine Träne von Elizas Wange auf, die sachte darin versank.

Er deutete auf die regenbogenfarbene Träne auf ihrer Handfläche.

»Wir müssen sie zum Schmied bringen. Er wird dir den Schlüssel dafür geben, wenn du seiner Nacht ins Angesicht schaust.«

»Das weißt du?« Immer noch zerbrachen die Worte aus Elizas Mund am Kummer.

Cedric nickte. »Ich weiß alles, was die Zauber wusste.«

Eliza kniff die Lippen zusammen, um eine weitere Träne daran zu hindern, in die Finger aus Papier zu sinken.

»Wir werden einen Weg finden, dich zu befreien«, flüsterte sie. Es war ein Versprechen, wie es Cedrics gewesen war – unüberlegt und ebenso wahr.

Dass Cedric den Kopf schüttelte, wollte sie nicht sehen, ebenso wenig wie sie die Worte hören wollte, die er sagte: »Es gibt nur einen Weg. Und du siehst, wie er endet.«

Ein weiteres Stück Papier legte sich um seine Wange, und Eliza Willows schrie, weil das Leben ungerecht war und einem stets das nahm, was einem gerade das Wertvollste schien, selbst wenn man es nur für ein paar Sekunden gehabt hatte.

Cedric hätte ihr ein Freund sein können. Nein – er war bereits ihr Freund, denn manchmal reichten wenige Momente aus, um zwei Herzen miteinander zu verflechten, Momente, wie der Spiegelfriedhof sie zu Hunderten zu beherbergen schien.

»Der Schmied«, wisperte Cedric knisternd in ihr Ohr, und Eliza folgte ihm, als er sie zurück dorthin geleitete, wo er ein Versprechen gegeben hatte, dessen Preis niemand von ihnen erahnt hatte.

Kapitel 24

SCHATTENBILDER UND LEERE HÄNDE

»Du musst die silberne Münze auf den nächstbesten Grabstein schleudern«, erklärte Cedric ihr auf dem Weg und reichte ihr die Münzen aus seiner Tasche. »Halte dabei deine Mutter fest, greife irgendwie nach ihr, dann kehrt ihr zurück nach Mirrors End. Mit dem Schlüssel wirst du den Trödelmarkt der Träume erreichen, und dort kannst du mit der anderen Münze Moiras Traum kaufen. Deine Mutter rettest du, wenn du sie von hier fortholst. Alles wird gut.«

»Wird es nicht«, widersprach sie ihm. »Was ist mit dir? Was soll ich deinem Großvater sagen?«

Cedric schwieg, weil es auf diese Fragen keine Antwort gab.

Er würde auf dem Spiegelfriedhof bleiben, und es würde keine Worte geben, die es seinem Großvater erklärten.

Eliza Willows aber schwor sich, dass es nicht so kommen würde. Sie schwor es sich, denn Cedric Taylem war ihr Freund, und Freunde ließ man nicht einfach so im Stich.

Sie straffte sich und ging erhobenen Hauptes auf den Schmied zu, der sie bereits erwartete. Sie sah ihm fest in die Augen, aus denen die Dunkelheit tropfte und die Welt um sie herum verwandelte. Sie folgte den fließenden Schatten mit ihren Blicken. Alles schien sich zu verdoppeln, weil die Dunkelheit die Schatten brachte, die er mit der Nacht gestohlen hatte.

Ja, um Eliza und Cedric verfärbte sich die silbergrelle Welt in dunkle Schatten. Die Kinder aus Nebel begannen, sich zu verändern. Wie die Welt um sie herum wurden auch sie dunkler, und in ihren Leibern tanzten Bilder, vor denen Eliza am liebsten die Augen verschlossen hätte.

Da waren Kämpfe und Schreie, Hammerschläge und Eisenblitzen, Eltern, die starben oder die Arme nach Kindern ausstreckten, die ihnen genommen wurden. Ja, in jedem einzelnen Schatten waren Angst, Leid und Kummer zu sehen.

Man hörte nichts, aber das Grauen brauchte keine Töne.

Und doch sah Eliza nicht weg. Sie sah sich an, was die Schatten malten, betrachtete die Erinnerungen all der Kinder, die ihr Leben gelassen hatten, sah sie ihre Tode sterben. Sie sah die Ängste Wirklichkeit werden, sah Monster und Dämonen, wie sie nur Kinderträume kannten, und selbst in der farblosen Masse der Schatten glühten rote Feuer.

Einzig nach Cedrics Hand griff sie, die sich trocken und rissig anfühlte, da sie nur noch aus Papier und Zaubern bestand.

Dann war es vorbei.

Die Schatten schwanden, die Dunkelheit kroch zurück in die Augen des Schmiedes. Eliza ließ Cedrics Hand los und hielt dem Schmied die Träne entgegen.

McLears Geist nickte und nahm den Schlüssel ab, der um seine Brust hing, und reichte ihn ihr im Tausch gegen den regenbogenfarbenen Tropfen aus Glas.

Er wandte sich bereits ab, und der Schemen ihrer Mutter schickte sich an, ihm zu folgen, da sagte Eliza mit leiser, aber bestimmender Stimme: »Sie nehme ich mit.«

Abermals sah der Schmied sie an, aber als er sich nicht rührte, nahm sie es als Aufforderung, einfach zu gehen, und so warf sie die silberne Münze auf den umgestoßenen Grabstein, der neben ihr lag, griff im selben Moment nach Cedrics Papierhand und der Schemenhand ihrer Mutter, von der sie nicht einmal wusste, ob man sie überhaupt greifen konnte. Mit der Melodie des Novemberliedes auf den Lippen sprang sie in den Grabstein hinein, der wie der Kamin ein Tor aus Licht geworden war.

Das Novemberlied spielte noch, als Eliza Willows die Augen wieder aufschlug. Sie lag vor dem Kamin im Wohnzimmer. Im Haus war es dunkel, und von draußen prasselte Regen gegen die Fensterscheiben, als würde sich die fast sternenlose Nacht selbst beweinen. Es war nicht Eliza, die das Lied sang, es war die Spieluhr in der hölzernen Kiste, vor der das Nebelmädchen kniete und sie fragend ansah.

Aber so sehr sie es auch wollte, sie konnte Moira keine der stummen Fragen, die in ihren Augen aus Meeresleuchten und Himmelssehnen standen, beantworten. Sie spürte nur Cedrics Hand in ihrer und den Schlüssel dazwischen, und die Leere in der anderen, mit der sie nach ihrer Mutter gegriffen hatte.

Sie hatte sie verloren. Alles hatte sie verloren.

Kapitel 25

ZURÜCKKEHRENDE SCHRECKEN

In Spiegelglas gespiegelte Zauber zerbrechen leicht, und manchmal wischen schon einfache Tränen sie fort. Eliza Willows, die auf dem Boden im Wohnzimmer lag und Cedric ebenso beweinte wie ihre Mutter, wusste nichts von dieser Macht, ebenso wenig wie sie ahnte, dass all die Dinge, die auf dem Friedhof aus Spiegelglasscherben geschehen waren, noch mehr heraufbeschworen hatten, als ihr in diesem Moment bewusst war.

Zunächst spürte Eliza nur, dass sich Cedrics Hand in ihrer bewegte. Sie sah auf, und obwohl kaum Licht in den Raum fiel, konnte sie erkennen, dass sein Gesicht nicht mehr von Zetteln und Papierfetzen bedeckt war, ebenso wenig wie der Rest seines Körpers. Nur seine Augen hatten sich verändert, eines schien nicht mehr golden, sondern eher von einem matten Silber zu sein, so wie auch die Münzaugen des Papierweibleins golden und silbern gewesen waren.

Eliza sah ihn an, nicht sicher, ob sie träumte oder wirklich wach war.

Aber Cedric lächelte sie an und drückte ihre Hand, wie um sie davon zu überzeugen, dass es kein Traum war.

Moira kam zu ihnen. Sie trug das Kästchen in der Hand und reichte es Eliza. Es war geschlossen, das Novemberlied sang nicht länger.

»Ich habe es geschlossen«, erklärte das Nebelmädchen. »Als ihr wieder hier wart.«

Die Augen aus Meeresleuchten und Himmelssehnen schimmerten in der Dunkelheit.

Eliza nickte abwesend. Immer noch sah sie Cedric an.

»Wie …«, stammelte sie, »wie ist das möglich? Ich meine … das Versprechen … die Zauber …«

Cedric sah sie an, und obwohl er es war, der vor ihr saß, schaute auch das Papierweiblein sie an.

»Wir sind beide hier«, meinte Cedric. In seiner Stimme lag immer noch das Rascheln, doch es wurde leiser, als er weitersprach. »Ich weiß noch nicht genau, was es bedeutet. Wir werden niemals mehr die Zauber sein, aber auch kein gewöhnlicher Junge. Die Welt hinter den Spiegeln ist für uns verloren, vielleicht sogar ein Stück von der davor. Aber ich bin hier.«

Am Ende war es Cedrics Stimme, laut, deutlich und papierraschellos klar.

Eliza nickte. Dankbar und glücklich.

Moira musterte Cedric neugierig, und er erwiderte den Blick.

Keiner von beiden sagte etwas, und nach einer Weile ging Eliza ins Schlafzimmer, um nach ihrer Mutter zu sehen. Ihr hatte sie nicht helfen können, ihre Hände hatten den Schleier aus Sternen, der sie auf dem Friedhof der Spiegel gewesen war, nicht halten können.

Margaret Willows lag unverändert in ihrem Bett. Sie atmete flach, aber regelmäßig, und hinter ihren geschlossenen Lidern flackerten die Augen, als würden sie verzweifelt etwas suchen. Manchmal kniff sie diese auch zusammen, wie in einem schlechten Traum, vor dem man die Augen nicht fest genug schließen konnte.

Eliza versuchte, sie zu wecken, rief ihren Namen, schüttelte sie und spritzte ihr sogar ein wenig Wasser ins Gesicht, aber nichts von alldem hatte Erfolg.

Margaret Willows schlief weiter, und als Eliza das Licht im Schlafzimmer löschte, malte das Licht, das aus dem Flur in den Raum fiel, helle Schatten in das dunkle Gesicht, das eingefallen wirkte.

Alles war still, als sie zurück ins Wohnzimmer ging. Moira und Cedric saßen einander immer noch schweigend gegenüber, aber als sie Eliza bemerkten, lösten sich ihre Blicke voneinander. In Cedrics Augen lag der Blick des Papierweibleins, aber er schwand, je länger sie ihn ansah.

»Der Schmied ist hier«, wisperte Moira mit angsterfüllter Stimme, und als wären diese Worte ein Zeichen gewesen, begann das Haus zu beben. Die Wände zitterten, Staub rieselte von der Decke und die Schatten um sie herum, ohnehin schon dunkler als finster, wuchsen über sich hinaus und zogen sich zu einer tiefschwarzen Gestalt zusammen, zu einer Gestalt, die über einen Amboss gebeugt stand.

Ein ums andere Mal schlug die Gestalt zu, der Rhythmus des Hammers wurde abermals zum Herzschlag des Hauses.

Der Schmied.

Eliza wich alle Farbe aus dem Gesicht und sie stolperte vor dem Schatten zurück, von dem sie dachte, ihn nie wieder erblicken zu müssen, nicht auf dem Spiegelfriedhof, nicht irgendwo sonst.

»Wie«, begann sie, aber der Schrecken erstickte ihre Worte.

»Wir haben ihn mitgebracht«, sagte Cedric ruhig. Seine Stimme raschelte, als hätte ein Buch beschlossen, sich selbst vorzulesen.

Es war die Zauber, die aus ihm sprach.

Eliza sah ihn entsetzt an.

»Er war in dem Schemen, der deine Mutter war. Du hast sie mit dir genommen, wie du es tun musstest, aber auch er konnte so dem Reich aus toten Träumen entfliehen.«

Tausend Fragen hatte sie, aber nicht eine verließ ihre Lippen.

Und doch schien das Papierweiblein in Cedric eine jede von ihnen zu verstehen.

»Der Spiegelfriedhof liegt hinter den Spiegeln. Von dort kann man durch die Spiegel hindurchsehen, und schaut jemand zurück, so ist man verbunden, in die eine wie in die andere Richtung. Deine Mutter muss in einen Spiegel gesehen haben, hier, wo alle Spiegel einst mit mir starben.«

Eliza sah hinüber zur Schlafzimmertür. Das Bett ihrer Mutter stand so, dass sie beim Aufstehen in den wunderschönen Spiegel sah, der schon ihrer Großmutter gehört hatte.

Manchmal sind Spiegel gefährlich, schoss es ihr durch den Kopf, sich Geschichten entsinnend, die sie kannte. Geschichten, die man allesamt hatte zuschlagen, sie einsperren hatte können, zwischen ihre Buchdeckel.

Die Zauber sah sie durch Cedrics Augen an, und mit einem Male wünschte Eliza, sie würden einfach gehen und nicht mehr wiederkommen.

Cedrics Mund verzog sich zu einem Lächeln, und für eine Sekunde blitzten Buchstaben auf den Lippen auf.

»Er hat es versprochen«, flüsterte das Papierweiblein. »Und wann immer eine Frage gestellt wird, die nur ich beantworten kann, werde ich da sein. Unvergessen. Das mag dir falsch erscheinen, aber so ist es nun mal. Einzig der Trödelmarkt der Träume kann euch noch helfen.«

»Was weißt du vom Trödelmarkt der Träume?«, fragte Moira. Eliza hatte fast vergessen, dass sie überhaupt da war.

Cedric zuckte mit den Schultern und antwortete mit knisternder Stimme: »Der Trödelmarkt der Träume kann überall sein. Er ist weder hier noch dort, kennt nicht den

Norden, den Süden, den Westen oder den Osten und doch alle zugleich. Er liegt am Traummeer, und seine Straßen sind von Luftschlössern und Wolkenkuckucksheimen gesäumt. Es gibt alles dort, denn alles kann ein Traum sein.«

Das Papierweiblein verstummte und verschwand aus Cedrics Augen, als gäbe es nichts mehr zu sagen, und auch wenn sie lange noch nicht alles wussten, war Eliza froh, dass es fort war.

»Wie fühlt es sich an?«, fragte sie Cedric. Der Enkel des alten Buchhändlers war blass.

»Als würde man in Ketten liegen und gleichzeitig fliegen«, sagte er. »Man ist da und gleichzeitig fort. Es … es ist komisch«, fasste er zusammen, weil die Worte ihn nicht weiterzubringen schienen.

Eliza griff nach seiner Hand und drückte sie leicht.

Für einen Moment verschwanden die Schrecken, doch dann fiel aus Moiras Augen eine Träne, und das Hämmern wurde in gleichem Maße lauter, wie der Schemen des Schmiedes schwärzer wurde.

Durch Cedrics Augen flackerte das Papierweiblein. »Ihr müsst euch eilen«, wisperte es raschelnd, »die Zeit der Sterne ist gezählt.«

Dann schwand es wieder und Eliza blieb mit Cedric, dem Nebelmädchen und dem Schmied allein.

Der Schmied hämmerte einen Gegenstand aus Schatten, und die dunklen Bilder an der matt beschienenen Wand malten die Form einer bauchigen Flasche dagegen.

»Er tut es wieder«, wisperte Moira. »So wie damals.«

Sie sahen zu, wie der Schmied weiter auf die Schatten schlug, wie ein Schattentheater war es, nur ohne Licht und Leinwand.

»Wir müssen den Trödelmarkt der Träume finden«, brachte Cedric es auf den Punkt, aber Moira und Eliza schüttelten den Kopf.

»Wir wissen, wo er ist«, sagten beide, und in Moiras Augen aus Meeresleuchten und Himmelssehnen glitzerte ein Stern.

Kapitel 26

ERKENNTNISSE IM SILBERLICHT

Niemals würde Eliza Willows den Moment vergessen, in dem sie den Speicher zum ersten Mal sah. Wirklich sah.

Sie waren hinaufgestiegen, Stufe um Stufe. Das Haus lag im Dunkeln und die Hammerschläge des Schmiedes hallten hindurch und ließen die Wände beben, aber sonst geschah nichts. Der Schmied aus Schatten konzentrierte sich auf seine Arbeit. Hier und da war in seinem schwarzen Inneren ein silberner Punkt aufgeblitzt - wie ein Stern, der durch Wolken blinzelte, aber Eliza wusste, dass es kein Stern war. Es war ihre Mutter, ein Teil jener schemenhaften Sternengestalt, die auf dem Spiegelfriedhof neben ihm gestanden hatte.

In Cedrics Augen hatte sie für einen Moment die Antwort auf die Frage gesehen, die sie sich stumm gestellt hatte.

»Ja«, flüsterte das Papierweiblein in ihren Gedanken. »Er nährt sich von ihr. Sie ist es, die ihm die Kraft gibt, den Hammer zu führen, die Flasche zu schmieden.«

Und Eliza, deren Herz sich zusammengezogen hatte, war stillschweigend losgegangen, und Cedric war ihr gefolgt, ebenso wie Moira, die hinter ihnen herschwebte. Das Nebelmädchen war traurig, und Eliza konnte es ihr nicht verübeln, denn sie war es auch.

Es müsste einen anderen Weg geben, dachte sie bei sich, aber gleichzeitig war ihr klar, dass es ihn nicht gab – oder wenn, er für sie nicht in Frage kam.

Würden sie nicht auf den Trödelmarkt der Träume gehen, würde Eliza weinen, bis der letzte Stern vom

Himmel fiel, und dann gab es nichts mehr, was sie noch tun konnten, gegen den Schmied und den Schrecken, denn sie waren es, die wiederkommen würden, aus traumgetränktem Fleisch und Blut.

Und doch – es war nicht richtig, die einzige Freundin, die man je gekannt hatte, in den Tod zu führen und davon zu wissen, selbst, wenn man diese Freundin erst einige Nächte kannte und sie aus nichts als Nebel bestand.

Es fühlte sich wie Verrat an.

Moiras Nebelhände griffen nach ihr. Die Dunkelheit der Nacht ließen sie kräftig erscheinen, aber dennoch spürte Eliza von der Berührung nicht mehr als einen kalten Hauch.

»Es ist nicht schlimm«, meinte das Mädchen aus Schatten und Nebel, dessen Augen grüngold und silberblau waren, und dann gingen sie weiter, ohne noch ein weiteres Wort zu sagen, bis sie die Tür zum Speicher erreichten.

Auch die Tür hatte sich verändert. Während das übrige Haus in Schatten versank, malte die Nacht hier mit unsichtbaren Händen helle Flecken auf das Holz, das fast weiß schien, wie ein frisch bezogenes Bett. Moiras Gesicht leuchtete im Licht dieser hellen Schatten, und zum ersten Mal, seit sie sich kannten, sah Eliza das Nebelmädchen wirklich lächeln.

»Was ist?«, fragte Eliza.

»Als ihr fort wart, dort, auf dem Spiegelfriedhof, war ich allein.«

Eliza runzelte verwirrt die Stirn. Die meisten Menschen lächelten nicht, wenn sie daran dachten, allein gewesen zu sein.

»Ich habe nachgedacht«, fuhr Moira fort, ohne auf Elizas fragenden Blick einzugehen.

»Natürlich mögt ihr jetzt sagen, dass ich schon davor alle Zeit der Welt zum Nachdenken gehabt habe, und ja, ihr habt recht. Aber damals habe ich nicht verstanden.«

»Was hast du nicht verstanden?«, fragte Cedric. In seinen Augen flackerte immer wieder das Papierweiblein auf, aber es war seine Stimme.

»Dass ich mich all die Jahre geirrt habe. Ich dachte, ich könnte nicht träumen, aber dabei bin ich genau das. Ich bin ein Traum in einem Traum. Der Schmied träumt mich, denn wie das Papierweiblein in Cedric, so bin ich in ihm. Er träumt mich, denn mein Traum war der letzte, den er einst sah, in den Spiegeln bevor Rosies Mutter ihren Zauber wirkte. Sein ganzes Leben hängt an mir – aber meines nicht an ihm. Mein Leben hängt an einem Traum, der dort ist«, sie deutete auf die geschlossene Tür, »und wenn ich ihn finde, wird alles gut. Ich werde frei sein, und mit mir werden es auch die Kinder auf dem Spiegelfriedhof sein. Sie sind die Sterne, die ich weinte.«

Cedric nickte, das Papierweiblein in seinen Augen.

»Wir haben es ihr gesagt«, flüsterte die Zauber, »von mir weiß sie, dass jeder Zauber eine Umkehrung hat, jeder Fluch eine zweite Seite. Das wissen nur die wenigsten. Aber alles hat zwei Seiten.«

Eliza nickte, obwohl sie kaum ein Wort von dem verstand, was gesagt wurde, und als das Papierweiblein wieder aus Cedrics Augen verschwand, sah sie, dass es ihm ebenso ging, aber es blieb keine Zeit, um zu fragen, denn Moira wollte wissen: »Den Schlüssel. Kann ich ihn haben?«, und Eliza gab ihn ihr.

Das Nebelmädchen schloss die Tür auf. Gemeinsam gingen sie hindurch, und was sie sahen, raubte Eliza den Atem.

Kapitel 27

DER TRÖDELMARKT DER TRÄUME

Sie standen nicht länger auf einem Speicher, und doch konnte man ihn noch erkennen, wie aus Sonnenstrahlen in den Himmel gemalt, der sich über ihnen erstreckte – fliederfarben, holunderrot und saphirblau.

Ein Mond schien, aber sein Licht war nicht blass und matt, sondern hell und sanft strahlend.

Sahen sie sich um, konnten sich ihre Augen kaum sattsehen.

Um sie herum standen Schlösser, gebaut aus Sand, Stein, Blättern, Blumen, Wolken, Edelsteinen und manchmal sogar aus allem zugleich. Dazwischen glänzten solche, die aus der filigranen Haut der Seifenblasen zu bestehen schienen und deren Wände regenbogenfarben glänzten.

Manche waren groß, andere klein und immer wieder standen welche dazwischen, die nichts weiter mehr als Ruinen waren, zusammengefallen und vergessen.

»Luftschlösser«, flüsterte Cedric mit der Stimme des Papierweibleins, und Eliza nickte. Moira sah sich nur um, und ihre Augen leuchteten, wie sie es noch nie getan hatten.

Noch vielgestaltiger waren aber die Waren, die an all den Ständen angeboten wurden, die an den Straßenrändern standen.

Die meisten waren offen, einfach aufgestellte Tische, auf denen allerlei lag, andere waren wie Zelte, deren Eingang man wie einen Vorhang beiseite gezogen hatte – bedeckt mit bunten Stoffen, schlichten Planen oder alten Decken. Es gab auch Stände, die man überhaupt nicht einsehen konnte, deren Ware verborgen war hinter dunklem Tuch und Seide.

Bei den Dingen aber, die Eliza, Cedric und Moira erblickten, gab es nichts, was es nicht gab. Alte Schlüssel, CDs, Bücher, Stofftiere, Puppen, Spielzeuge aller Art und Größe, Edelsteine, Münzen, Figuren aus jedem Material, hier und da einige Lebensmittel, einzelne Rollen Pergament, Urkunden und Briefe, zerbrochene Tassen und anderes Geschirr, Kleidung, Bilder und Skulpturen, Schatzkarten und –truhen, Schallplatten und alte Kassettenbänder, verbeulte Messingkannen, zerlöcherte Teppiche; irgendwo sahen sie einen Staubsauger und an anderer Stelle einen Käfig mit einem Wellensittich, Katzen schlichen ebenso umher wie Hunde.

Es gab Schmuck und Tand, Nützliches und Unsinniges, Gebrauchtes und Neues, und an manchen Ständen gab es nichts als edle Phiolen, gefüllt mit Flüssigkeiten in allen Farben, die man sich vorstellen konnte.

»Träume«, stellte Moira leise fest. »Das sind alles Träume.«

Eliza hatte sich Träume immer anders vorgestellt. Wie gläserne Schmetterlinge vielleicht, oder wie schimmernde, schillernde Fische, aber jetzt, da sie all diese Dinge sah, erkannte sie, dass alles ein Traum sein konnte, und man hier selbst Sachen, die es noch gar nicht zu geben schien, die man erst noch erträumen musste, finden konnte. Vielleicht gab es auch irgendwo Träume, die Schmetterlinge aus Glas waren oder auch welche aus Papier, deren Flügel man erst noch mit einem Traum beschreiben musste. Vielleicht gab es ein Meer mit schillernden und schimmernden Fischen, die man fangen konnte, mit Netzen und Angeln.

Hatte das Papierweiblein nicht etwas von einem Traummeer gesagt?

Sie sah Cedric an, aber seine Augen waren nichts als golden.

»Sie ist nicht hier«, meinte er, ihren Blick richtig deutend, aber noch ehe sie etwas dazu sagen konnte, trat ein Mann zu ihnen und verbeugte sich formvollendet.

Er trug einen Anzug aus bunten, großflächigen Rauten, der an den Armen unter dem Ellbogen aufhörte und an den Beinen unter den Knien. Weiße Strümpfe verschwanden am oberen Ende unter dem Stoff, während die Füße in spitz zulaufenden Schuhen steckten. Sein Gesicht war ein wenig länglich, die Nase hatte einen starken Bogen und seinen Mund zierte ein breites Grinsen, das ein wenig aufgemalt wirkte. Blaue Augen sahen sie an.

Auf dem Kopf trug er eine Narrenkappe, die eine Seite schwarz, die andere ebenso rautenbunt wie der Anzug.

»Ein Narr«, entfuhr es Eliza, aber der Fremde legte einen Finger über das breite Lächeln und schüttelte den Kopf.

»Ein Weiser«, korrigierte er sie mit einem feinen Hauch Spott in der Stimme und drehte sich um seine eigene Achse. »Ein Spiegel.« Sein Lachen wurde breiter. Glitzer flog von seinen Sachen und das Klingen der beiden Glöckchen, die an jedem Ende seiner Narrenkappenzipfel hingen, begleitete seinen Tanz.

»Willkommen, Fremde«, sagte er dann, die Stimme aufmerksamkeitsheischend, »auf dem Trödelmarkt der Träume.«

Kapitel 28

WAHRHEITEN AUS NARRENMUNDE

Er musterte sie, einen nach dem anderen. »Ihr alle«, stellte er ungerührt fest, »habt einen Zauber auf euch liegen, den es zu brechen gilt, und ein jeder von euch sucht einen Traum, dies zu tun.«

Eliza sah abwechselnd von Cedric zu Moira, dann wieder zu dem Narren. »Das ist nicht wahr«, flüsterte sie. »Ihr irrt euch. Wir suchen nur einen Traum. Ihren.«

Sie deutete auf Moira. »Es ist eine kleine Strickpuppe, mit einem roten Häkelkleid.«

Der Narr schüttelte den Kopf. »Das mag ihr Traum sein – ihr Schlüssel, den Zauber zu brechen.« Er huschte mit tänzelnden Bewegungen um das Nebelmädchen herum, fuchtelte mit den Händen wie ein Verkäufer, der seine Ware präsentiert. »Ein alter Zauber, fürwahr, fürwahr. Ein machtvoller Zauber.«

Abrupt ließ er von Moira ab, um plötzlich so dicht vor Cedric und Eliza zu stehen, dass die Glöckchen an seiner Narrenkappe sie fast berührten. »Aber nicht euer Schlüssel, nein, nein, der eure ist es nicht.«

Schon in der nächsten Sekunde war der Narr wieder einen Schritt nach hinten gesprungen und grinste von einem Ohr zum anderen. »Doch wohl an, meine Herrschaften, wohl auf. Dies ist der Trödelmarkt der Träume, und nur ein Narr bin ich, so weiß ich nichts. Sucht euren Traum, sucht eure Träume. Tauscht nicht zu frei, zahlt nicht zu viel, wohl an, wohl auf!«

Der Narr verbeugte sich so tief vor ihnen, dass sein Kopf fast seine Knie berührte und der eine Arm den Boden, während die andere Hand in den Himmel zeigte.

»Mumpitz«, brummte Cedric und zog Eliza weiter, die den Blick nicht von der seltsamen Gestalt abwenden konnte.

Gerade, als sie den Narren fast schon nicht mehr zwischen all den Neugierigen und Passanten sehen konnte, richtete er sich wieder auf. In der einen Hand hielt er einen Spiegel, in dem Eliza Willows klar und deutlich Cedric, Moira und sich selbst erkennen konnte, obwohl das nicht möglich war. Die andere Hand des Narren zeigte ihr eine Drei. Der Narr lächelte, als er ihren Blick bemerkte und nickte kurz, dann tippte er sich mit den Fingern zum Abschied an die Narrenkappe, drehte sich einmal um die eigene Achse – und war fort.

»Drei Träume«, schien die Luft zu flüstern. »Drei Träume.«

Wie ein Lied waren die Worte, ein Lied, das einem nicht mehr aus dem Kopf gehen wollte, und das zugleich eine Warnung und ein Funke Hoffnung sein konnte.

Kapitel 29

DREI, NICHT EINER

»Schau«, wisperte Cedric in ihr Ohr und brachte die Melodie der Worte zum Verstummen. Sie waren vor einem Stand zum Halten gekommen, der mit nachtblauem Tuch verkleidet war, auf das Sterne in Silber und Gold gestickt worden waren. Auf dem Tisch, auf dem die Waren feilgeboten wurden, lag ebenfalls dunkler Samt, und darauf verteilt waren Flaschen, kleine und große, schmale, lange und bauchige. Sie alle waren aus einem Glas gefertigt, metallisch glänzend.

»Möchte die Dame einen Traum fangen?«

Eliza schrak auf. Sie war so in die Betrachtung der Flaschen vertieft, dass sie den Händler nicht gesehen hatte. Ein hagerer Mann war es, blass und unangenehm, die Nase spitz und das blonde Haar zu fettigen Strähnen verklebt.

»Bitte?«, fragte Eliza.

»Ich sah Euer Interesse an den Traumfängerflaschen.«

Traumfängerflaschen. Das Wort hallte kurz in Elizas Kopf nach, als würde sie es kennen, aber nein, sie kannte es nicht, doch als ihr Blick auf Moiras Gesicht fiel, in dem sich Entsetzen widerspiegelte, wusste sie, dass es solche Flaschen waren, die der Schmied hergestellt hatte.

Sprachlos schüttelte Eliza den Kopf. Sie drängte Cedric dazu, weiterzugehen, doch als sie es taten, spürte sie immer noch den Blick des Händlers im Rücken, und das Gefühl ließ erst nach, als sie schon einige Stände weiter waren.

»Drei Träume«, hallten die Worte abermals durch die Luft, während sie sich nach einer kleinen Strickpuppe mit rotem Häkelkleid umsahen.

Und wieder wurden die Worte zu einer Melodie, die sich bald schon mit einem Lied vermischten, von dem Eliza erst jetzt auffiel, dass es die ganze Zeit in der Luft gelegen hatte. Ein Lied, das sie kannte. Anders zwar, verfremdet und trauriger und fröhlicher zugleich und doch unverkennbar das Novemberlied.

Sie befanden sich gerade zwischen zwei Ständen, und Eliza sah sich suchend um, ob das Lied von dort kam, aber sie konnte weder ein Instrument noch eine Spieluhr oder gar ein Abspielgerät für Kassetten, CDs oder Ähnliches ausmachen.

Der Händler, dessen Stand sie gerade aufmerksam gemustert hatte, sah sie mit einem freundlichen Lächeln im runden Gesicht an. Wie ein Märchenonkel sah er aus, ein Geschichtenerzähler, gehüllt in einen Umhang, unter dem ein schlichtes Hemd hervorschaute. Ein grauer Haarkranz umrandete seinen sonst kahlen Kopf und auf der runden Knollennase saß eine goldene Brille mit runden Gläsern, und der Vergleich mit dem Märchenonkel schien durchaus zu passen, denn an seinem Stand schien es nichts als Bücher zu geben.

»Alle Lieder werden in Träumen geboren«, meinte er, als er Elizas suchenden Blick bemerkte.

Eliza starrte ihn ungläubig an. Woher wusste der Mann, dass sie gerade nach einem Lied gesucht hatte?

»Nun«, sagte der Traumhändler, »dies ist der Trödelmarkt der Träume. Ihr allein bestimmt, was wir wissen und sehen, und sucht ihr Antworten, so werden wir die Frage hören.«

Der Mann lächelte, und wie der Narr zuvor betrachtete auch er einen nach dem anderen.

»Ihr seid Suchende«, stellte er fest. »Und Verfluchte.«

Moira trat einen Schritt nach vorne. »Nur ich«, flüsterte sie. Die Schatten in ihrem nebelhaften Inneren hatten sich lilagrau gefärbt, als würden sie den Himmel widerspiegeln. »Ich suche mein Püppchen.«

»Ein Püppchen ...« Der Traumhändler betrachtete seine Auslage. »Puppen habe ich nicht. Bei mir sammeln sich die Bücher, unvollendete Manuskripte, vergessene Geschichten, die darauf warten, zu Ende geschrieben und wiederentdeckt zu werden.« Wieder sah er die drei an. »Mmh. Vielleicht aber habe ich doch etwas für euch.« Er kramte in einem Stapel aus Büchern herum, der gefährlich wackelte, und zog schließlich ein braunes Lederbuch hervor, aus dessen Umschlag ein weißes Gesicht aus Porzellan hervorschaute, das mit Leder umkleidet war, als wäre es Haar.

Er reichte es Eliza, die es nachdenklich betrachtete.

»Was sollen wir damit?«, fragte Cedric an ihrer Stelle.

Der Traumhändler betrachtete ihn eine Weile. »Das Buch kann euch helfen, eure Träume zu finden. Denn ohne sie seid ihr verloren.«

»Aber wir suchen nur einen Traum«, widersprach Eliza, wie sie es auch schon bei dem Narren getan hatte.

»Meint ihr?«, fragte der Traumhändler, und ohne eine Antwort abzuwarten, fuhr er fort: »Sicher – ihr sucht das Püppchen dieses Mädchens, das nichts ist als Staub, Nebel und in Traum gefangene Seele. Aber sucht ihr nicht noch mehr?«

Er sah Cedric an. »Ihr, von denen einer einen Preis bezahlte, den er nicht kannte, träumt ihr nicht, euer Herz wieder allein für euch zu haben, es verschenken zu können aus Liebe, es zerbrechen zu lassen in Schmerz – allein, mit niemandem sonst, der Dinge weiß, von denen ihr nicht einmal etwas ahntet? Träumt ihr nicht, das Wissen aus Papier und Tinte sei wieder fort von euch?«

Cedric schwieg, aber Eliza musste ihn nicht ansehen, um zu wissen, dass der Traumhändler ins Schwarze getroffen hatte. Doch dieser war noch nicht fertig. Er wandte sich ihr zu. »Und du, wünschst du nicht, dass deine Mutter wieder erwacht?« Er schüttelte den Kopf. »Nein, du kannst nicht bestreiten, dass auch du Träume hast und eine Verfluchte bist. Und somit suchst du auch nicht nur den einen Traum, von dem du meinst, er sei ein Püppchen. Du suchst drei Träume, so sehr du es auch zu leugnen versucht.«

Eliza kniff die Lippen zusammen. Natürlich war es richtig.

Der Traumhändler neigte den Kopf zur Seite. »Aber du wusstest es schon, nicht wahr?«

»Der Narr hat es uns gesagt«, wisperte Eliza Willows mit schwacher Stimme.

»Der Narr?« Der Traumhändler hob eine Augenbraue.

Cedric nickte.

»Aber ihr habt ihm nicht geglaubt?«

Sie alle sahen zu Boden.

Der Traumhändler lachte.

»Nun, das tun die wenigsten, wobei es die meisten sollten. Ein Narr ist nimmer nur ein Narr, stets ist der Narr auch weise. Und immer hält er uns einen Spiegel vor, in dem sich nur die Wahrheit spiegelt, wie sie es in allen wirklich wahren Spiegeln tut.« Er räusperte sich und klopfte auf das Buch in Elizas Händen. »Dieses Buch kann euch helfen, die Träume zu finden, denn«, wieder sah er Eliza fest in die Augen, »du weißt, dass sich alle Antworten in Büchern verbergen, nicht wahr?«

Sie nickte, denn natürlich wusste sie, dass er recht hatte, ebenso wie es Cedric Taylem wusste, der wie sie mit Büchern aufgewachsen war.

Der Traumhändler nickte wohlwollend. »Dieses Buch ist ein Führer durch die Welt der Träume. Es kann euch Hinweise geben, wo ihr fündig werdet.«

»Was soll es kosten?«, fragte Cedric.

»Eine Münze«, sagte der Händler und sah abermals Eliza an, als wisse er, dass sie eine einzelne Münze in der Tasche trug.

»Wir haben nichts sonst«, warnte Cedric sie, »womit wir die Träume bezahlen können.«

Aber Eliza Willows, die zeitlebens ihre Freunde in Büchern gefunden hatte, konnte nicht anders, als dem Buch zu vertrauen, auf dem das Gesicht aus Porzellan gerade die blassblauen Augen öffnete und sie ansah.

Kapitel 30

VERZAUBERTE SEITEN

Der Traumhändler klatschte begeistert in die Hände. »Wunderbar. Dann sind wir also im Geschäft, junge Dame. Du wirst es nicht bereuen, Topantimbur Olifius in deine Hände genommen zu haben.«

»Topantimbur Olifius?«

»Dies ist der Name des Buches. Du musst wissen, es gibt Bücher, die kann man nur mit dem richtigen Namen öffnen. Dieses gehört dazu.«

Der Traumhändler streckte die Hand aus und Eliza legte ihm die goldene Münze hinein, die einst ein Auge des Papierweibleins gewesen war.

Cedric schnaubte verächtlich, aber er sagte nichts, er zog Eliza nur abermals fort, trieb sie weiter den Gang entlang, durch den sich Leute dicht an dicht drängten, alle auf der Suche nach einem Traum, von dem sie noch nicht wussten, dass sie ihn überhaupt finden wollten.

An einer Ecke blieb Cedric schließlich stehen.

Er sah wütend aus.

»Warum hast du dieses Buch gekauft?«

»Weil es uns helfen kann«, antwortete Eliza.

»Das hat dieser Traumhändler gesagt. Woher weißt du, dass du ihm vertrauen kannst?«

Eliza zuckte mit den Schultern.

Cedric schüttelte den Kopf. »Du hast unseren einzigen Besitz hergegeben für etwas, von dem du noch nicht einmal weißt, ob es uns hilft?«

Er riss ihr das Buch aus den Händen und schlug es unsanft auf. Mit fahrigen Bewegungen durchblätterte er es, und mit jeder Seite, die vorbeiraschelte, wurde sein Gesicht finsterer.

»Alles leer. Hier steht nichts drin!«, schrie er und knallte ihr das Buch gegen die Brust. »Eine schöne Hilfe hast du uns da gekauft. Es ist nichts wert, gar nichts! Weißt du, was du getan hast?«

Eliza schüttelte den Kopf. Tränen standen ihr in den Augen.

»Du hast uns hier eingeschlossen, verstehst du? Wir können hier nur fort, wenn wir einen Traum gefunden haben – und in unserem Fall muss es sogar der richtige sein. Sonst können wir nicht mehr zurück.«

»Was?«, hauchte Eliza.

Cedric sah sie an. In seinen Augen schwammen buchstabengetränkte Tränen, und Eliza Willows verstand, dass es die Wahrheit war, die er ihr sagte, die Wahrheit, die ihm das Papierweiblein zugeflüstert hatte, weil er sie unmöglich hatte wissen können.

Eine einzelne Träne floss ihr aus den Augen, doch es war nicht die einzige, die in diesem Moment den Boden berührte.

Eliza sah Moira an und flüsterte: »Es tut mir leid. Ich habe es nicht gewusst.«

Das Nebelmädchen nickte und weinte eine weitere Träne, die die Nacht über Mirrors End ein wenig dunkler färben würde, weil ein Stern vom Himmel fiel.

Da meldete sich eine leise Stimme zu Wort.

»Wollt ihr an diesem Ort Träume finden, so dürft ihr sie nicht suchen. Die wahren Träume kommen zu euch. So, wie es mit allen wichtigen Dingen ist. Aber ich kann euch führen«

Die drei starrten das Buch in Elizas Händen an.

Die blassblauen Porzellanaugen sahen sie an.

»Topantimbur Olifius?«, fragte Eliza leise und kam sich albern vor, einem Buch eine Frage zu stellen, selbst wenn es ein Gesicht hatte.

Das Gesicht auf dem Buch nickte.

Cedric und Eliza starrten einander fassungslos an.

Das Buch sprach weiter. »Ich bin ein Traumführer. Meine Seiten sind nicht leer, auch wenn es so scheint. Stellt mir eine Frage, und ich werde sie beantworten.«

»Was sollen wir tun?«, schoss es aus Eliza heraus.

»Finden, ohne zu suchen«, orakelte Topantimbur Olifius. »Euch beeilen, ohne zu hasten.« Und dann, als Abschluss: »Träumen. Denn hier ist alles Traum. Preis und Ware, Zeit und Weg.«

Moira war es, die flüsterte: »Vielleicht müssen wir einfach losgehen und schauen, dass wir den ersten Traum finden.«

Topantimbur Olifius' Porzellangesicht nickte. »Weise. Wer geht, findet den Weg.«

»Aber wohin sollen wir gehen?«, fragte Eliza, nicht wissend, ob sie Angst haben oder lachen oder weinen sollte, weil alles so schrecklich viel war, wie es immer schrecklich viel war, wenn Ereignisse über einem einstürzten.

Das Porzellangesicht lächelte und schloss die Augen. In der nächsten Sekunde öffnete sich das Buch raschelnd und blätterte eine Seite auf, auf der eine Karte zu sehen war, die es zuvor nicht gegeben hatte.

Und Eliza Willows, die an Wunder glaubte, weil sie an Geschichten glaubte, sah, dass an einer Stelle eine Schreibfeder eingezeichnet war, deren winzige Feder sich unentwegt über einem ebenso kleinen Blatt bewegte. Was sie schrieb, konnte sie nicht lesen, aber sie spürte den Ruf, der von diesen Worten ausging und sie wusste, dass sie ihm folgen mussten.

Kapitel 31

ZETTELKASTENHÄUSER

Wünsche sind Wege. Sie locken uns fort, führen uns weiter, und manchmal, ja manchmal erreichen wir sie auch, nur um festzustellen, dass der Weg vielleicht schon das Ziel war und nur ein neuer Wunsch einen neuen Weg vor uns eröffnet.

Das Buch, das sich wieder geschlossen hatte, wies ihnen den Weg, leitete sie nach links und rechts, führte sie hier durch einen Tunnel und dort über eine Brücke, unter der ein Fluss hindurchfloss, in dem Eliza manchmal meinte, ein Glitzern wahrzunehmen, aber sie waren schon wieder fort, ehe sie genauer hinsehen konnte.

Am Ende standen sie vor Häusern, deren Architektur sie an riesige Holzschachteln erinnerte.

»Das sind die Zettelkastenhäuser«, erklärte Topantimbur Olifius, der Eliza wohl die Frage an der Nasenspitze angesehen hatte. »Das Archiv der ungeträumten Träume und noch nicht gedachten Gedanken. Heimat von Luftschlossarchitekten und Hirngespinstwebern. Bibliothek der vergessenen Zauber.«

Eliza betrachtete die flachen Holzhäuser, deren Dach wie ein Deckel war, der nach vorne offen stand. Lange, schmale Treppen führten bis zu der Höhe, wo der Deckel aufklappte und endeten an Türen, die unterschiedliche Größen, Formen und Farben hatten und an Aufkleber erinnerten, wie man sie auf Zigarrenschachteln und abgetragenen Reisekoffern fand.

Sie wollte fragen, warum das Buch sie zu diesem Ort geführt hatte, wollte wissen, was der kleine Stift zu bedeuten gehabt hatte, der auf der Karte gewesen war, aber Cedric kam ihr zuvor.

Seine Stimme knisterte leicht, und Eliza musste ihm nicht in die Augen sehen, um zu wissen, dass das Papierweiblein aus ihm sprach: »Wozu sind wir hier?«

Die Seiten des Buches raschelten, als würde Topantimbur Olifius dazwischen nach den richtigen Worten suchen.

»Ihr sucht drei Träume«, beantwortete das Porzellangesicht die Frage, »und den ersten davon findet ihr hier.«

Das Papierweiblein ließ Cedric den Kopf schütteln. »Nur einen Traum suchen wir«, wisperte es aus ihm heraus.

»Nein«, widersprach das Buch, »und das wisst auch ihr.«

Die Zauber in Cedrics Augen nickt und verschwand dann wieder.

Cedric schüttelte sich. Eliza griff mitfühlend nach seiner Hand, und für einen kurzen Moment ließ er es zu, dann löste er sich wieder von ihr.

»Was für einen Traum suchen wir?«, fragte er das Buch in Elizas Hand, ohne Eliza selbst zu beachten.

»Das«, meinte Topantimbur Olifius, »kann ich euch nicht sagen. Nur ihr wisst, was ihr träumt. Geht hinauf, dann werdet ihr es erfahren.«

»Aber warum sind wir dann hier, wenn du nicht weißt, warum?«

»Weil ich den Weg wusste«, gab das Buch zurück, schloss dann die Augen und schwieg.

Sie standen vor den Zettelkastenhäusern und sahen einander ratlos an.

Moira war es schließlich, die einfach mit ihren schwebenden Schritten auf eine Treppe zusteuerte und Stufe für Stufe hochstieg. Eliza folgte ihr nach einem kurzen Moment des Zögerns, und wenig später hörte sie auch Cedrics Schritte hinter sich.

Vorsichtig traten sie durch eine der bunten Aufklebertüren, und wie beim Betreten des Speichers war ihnen auch jetzt, als würden sie in eine völlig neue Welt eintauchen, eine Welt die aus Zetteln und Notizen, aus Büchern und losen Blättern, aus Buchstaben, Skizzen und Bildern zu bestehen schien, denn nichts anderes als Papier sahen sie, wohin sie auch blickten. Es ragte aus Karteikästen, Schuhkartons, Zigarrenkisten und allerlei anderen Schachteln, war an Wände und Regalbretter geheftet, stellenweise nur lose gestapelt oder mit einer Schnur zusammengebunden. Hier und da rollten sich Pergamente und wieder woanders schienen Zettel, Karten und anderes einfach nur achtlos aufeinandergeschmissen worden zu sein.

Überall raschelte und knisterte es, und obwohl sie gesehen hatten, wie vor ihnen jemand durch dieselbe Tür gegangen war wie sie, schien niemand außer ihnen hier zu sein.

Topantimbur Olifius raschelte laut vernehmlich mit seinen Seiten.

»Manchmal hilft es zu fragen«, wisperte er, und kaum waren seine Worte verklungen, sah Eliza an einem der Regale eine Schnur, an deren Ende mehrere Glöckchen hingen.

Kurz entschlossen zog sie daran, und der schillernde Klang verfing sich im Rascheln und Knistern des Papiers.

Kapitel 32

ZWISCHEN NOTIZEN

Als es wieder still war, verfärbte sich die Luft um sie herum tintenfarben, und bald konnten sie die eigene Hand nicht mehr vor Augen sehen.

Doch ebenso schnell, wie die Dunkelheit über sie gekommen war, verschwand sie auch wieder, und zurück blieb nur ein kleiner, beinahe ballrunder Mann mit kurzen Beinen und einem vollmondförmigen Gesicht, das wie der Rest von ihm schwarz war. Nur an einigen Linien seiner Kontur konnte man ausmachen, wo seine Kleidung aufhörte und sein Körper begann. Seine Augen waren nichts als weiße Punkte. Alles an ihm wirkte, als wäre er ein dreidimensionaler Scherenschnitt.

Er warf ihnen ein begrüßendes Lachen zu, das diesen Eindruck noch verstärkte, denn auch das Innere seines Mundes war weiß und wirkte wie ausgeschnitten. Selbst die Verbeugung, die darauf folgte, erinnerte an das Knicken von einem Blatt Papier.

Topantimbur Olifius schlug rasch eine Seite auf, auf der zu lesen war:

Ein Tintenklecksling. Sie hüten die Träume in den Zettelkästen. Haben ein Herz aus Papier und nehmen nur solches zur Kenntnis. Alles andere ist für sie nicht existent.

Und tatsächlich wandte sich der Tintenklecksling an Cedric. Moira schien er nicht zu bemerken, obwohl sich der feine Papierstaub, der in der Luft lag, in ihrem Nebelkörper verfing. Auch Eliza nahm er nicht wahr, wenn man einmal von dem verwirrten Blick absah, den er dem – für ihn scheinbar frei schwebenden - Buch zuwarf.

»Eduardo Tafantisa«, stellte er sich vor. »Stets zu euren Diensten, meine Dame. Was kann ich für euch tun?«

Cedric warf Eliza einen fragenden Blick zu, doch sie konnte nur mit den Schultern zucken. Auch das Porzellangesicht auf dem Buch in ihren Händen schwieg.

»Sagt nichts, meine Dame!« Mit einer winkenden Geste brachte der Tintenklecksling Cedric zum Schweigen, noch bevor er überhaupt ein Wort sagen konnte. »Ich sehe es an Ihren Augen. Sie sehnen sich nach Freiheit, nicht wahr?«

Cedric nickte, aber mit der nächsten Frage, die Eduardo Tafantisa stellte, war klar, dass es nicht Cedric war, mit dem er sprach: »Wie kommen Sie nur in diesen seltsamen Körper, meine Liebe?«

Und tatsächlich antwortete das Papierweiblein. »Ich bin die Zauber.«

Mehr sagte es nicht, als wäre das Erklärung genug, und dem Tintenklecksling schien das tatsächlich zu reichen.

Sein Gesicht hellte sich auf, die Kreise seiner weißen Augen wurden größer, sein Lächeln breiter. »Verstehe«, rief er aus. »Dann folgen Sie mir. Ich denke, ich weiß genau, was Sie brauchen.«

Seine Blicke fielen auf den scheinbar schwebenden Topantimbur Olifius. »Sie können mir natürlich auch folgen, werter Herr. Aber dass mir nicht ein Traum, ein Gedanke oder nur eine Idee zwischen Ihren Seiten landet und einen Weg hinaus findet.«

Topantimbur Olifius neigte den Kopf zu einer leichten Verbeugung. »Das würde mir niemals einfallen. Mich füllt das Wissen erst, wenn es bewusst ist, nicht davor.«

Der Tintenklecksling lächelte zustimmend. »Ich sehe, Sie haben diesen Ort verstanden. Wer hier hinkommt, findet etwas, ohne zu wissen, dass er es überhaupt gesucht hat. Danach nennt er es Eingebung, Geistesblitz, Traum, Vision oder noch anders. Schlussendlich aber waren sie zuvor alle hier, aber sie vergessen es wieder, und auch wir vergessen sie, denn wir sehen nur, was aus Papier.«

Das Porzellangesicht nickte zustimmend, aber Eduardo Tafantisa ließ ihn nicht zu Wort kommen.

»Einige sehr wertvolle Ideen und Versionen stammen von hier«, fuhr er fort. »Manche haben die Welt verändert, Grenzen bewegt, Mauern gesprengt. Andere, so heißt es, sind schon seit Anbeginn dieses Archives hier und einige sind irgendwann zurück auf den Trödelmarkt der Träume gelangt, festgebunden an anderen Dingen, unerreicht, manchmal gar zerbrochen.«

Er ließ seinen tintenschwarzen Kopf hängen, und abermals kam es Eliza vor, als habe jemand einen Knick in ein Blatt gemacht.

Eine leichte Brise unbekannten Ursprungs ließ die Glöckchen am Ende der Schnur wieder erzittern, und Eduardo Tafantisa verbeugte sich erneut.

»Verzeiht«, meinte er und richtete sich wieder auf. »Sicher halte ich Sie nur auf. Sie sind nicht wie andere, die nur kurz hier eintauchen und mit etwas gehen, von dem sie nicht einmal wussten, dass sie es gesucht haben. Sie sind eine wahrlich Suchende.«

Eduardo Tafantisa rieb sich vergnügt die Hände und winkte Cedric mit sich.

»Er sieht nur das Papierweiblein in seinem Inneren«, erklärte Topantimbur Olifius Eliza und Moira. »Nicht einmal euren Begleiter nimmt er wahr.«

»Wohin gehen wir?«

Das Buch raschelte mit seinen Seiten, schwieg aber sonst, und Eliza blieb nichts anderes übrig, als mit Moira zusammen Cedric zu folgen, der dem Tintenkleksling nachging.

Kapitel 33

EIN NEUER HANDEL, EIN NEUER PREIS

Eduardo Tafantisa führte sie zu einem Regal im hinteren Bereich des Zettelkastenhauses, in dem die Luft beinahe von der gleichen tintenschwarzen Farbe war wie jene, die ihn eben hervorgebracht hatte.

Der Tintenkleckslng pfiff, und die Seiten des Regales begannen, zu zittern. Sekundenbruchteile später schnappte Eliza erstaunt nach Luft, denn Abertausende von Augen sahen sie an, Augen, die zu kleinen, geradezu winzigen Würmchen gehörten und hinter überdimensional großen, runden Brillengläsern lagen.

»Buchstabenwürmchen«, äußerte sich Topantimbur Olifius.

Eines der Würmchen kroch ein wenig hervor, neigte den Kopf und begann, seinen kleinen Mund zu bewegen, worauf Buchstaben herauspurzelten und nach und nach Wörter bildeten:

»Sie wünschen?«

»Einen Traum«, gab Eduardo Tafantisa rasch zurück. »Einen Traum von Freiheit, der diese wunderbare Dame aus ihrem unwürdigen Gefängnis befreit.«

»Unwürdig?«, brauste Eliza auf, denn immerhin sprach der Tintenkleckslng hier von Cedric. Aber ihre Worte wurden nicht wahrgenommen.

Stattdessen wandten sich die Blicke aller Buchstabenwürmchen Cedric zu.

»Fürwahr«, bildeten die herausgefallenen Buchstaben aus dem Mund eines anderen Exemplars, das weiter oben im Regal saß. »Eine interessante Persönlichkeit. Zaubersprüche. Unser Spezialgebiet.«

Der Tintenklecksling stieß ein vergnügtes Lachen aus. »Ebendrum, meine Lieben, ebendrum. Ich wusste, bei euch finde ich, was ich brauche. Papier sollte nicht gefangen sein. Papier muss frei sein, frei, damit die Ideen gefunden werden können, die es verbirgt.«

Die Würmchen nickten zustimmend.

»Was ist mit dem Körper?«, fragte ein anderes Würmchen. »Wird der noch gebraucht?«

Auf der schwarzen Stirn Eduardo Tafantisas bildeten sich Knitterfalten. »Körper? Welcher Körper?«

»Er sieht ihn nicht«, stellte eines der Würmchen bekümmert fest, und ein anderes fügte hinzu: »Er sieht sie nie.«

Aber der Tintenklecksling schien sich dieses Umstands ebenso bewusst zu sein, und er wandte sich an das Papierweiblein. »Verzeihen Sie, meine Liebe, aber ich sah nicht, dass Sie sich in einem Menschen zu verbergen scheinen. Wird dieser Mensch noch gebraucht?«

»Natürlich wird er noch gebraucht«, schrie Eliza, noch ehe das Papierweiblein durch Cedrics Mund antworten konnte, aber ebenso gut hätte sie einen Baum anschreien können. Eduardo Tafantisa hörte sie nicht.

Aber das Papierweiblein tat es, denn es drehte den Kopf Eliza zu.

Kurz trafen sich ihre Blicke, der eine ruhig und bestimmt, der andere zitternd vor ohnmächtiger Wut und Traurigkeit.

»Ich will frei sein«, sagte das Papierweiblein. »Ich will wieder ich sein.«

»Das will Cedric auch«, erwiderte Eliza barsch.

Das Papierweiblein ließ Cedrics Kopf nicken, meinte aber dann: »Beides geht nicht. Ich habe meine Zauber, mit denen ich meinen Traum bezahlen kann, aber er hat nichts. Eure letzte Münze gabt ihr für dieses Buch.«

»Wir haben anderes«, widersprach Eliza. »Frag Cedric. Frag ihn, was er hergeben würde, um frei zu sein. Handle für euch beide.«

Die Augen des Papierweibleins blitzten. »Warum sollte ich das tun?«

Eliza erstarrte für einen Moment vor Empörung, dann sagte sie so scharf, dass die Worte die Luft zerschnitten: »Weil du ohne ihn niemals hierhergekommen wärst. Du schuldest ihm etwas.«

Das Papierweiblein ließ Cedric seinen Mund zu einem spöttischen Lächeln verziehen. »So? Ich habe euch meine Münzen gegeben. Wir sind quitt.«

Eliza Willows, die den Triumph ihrer Worte schon gespürt hatte, erbleichte, aber gerade, als sich das Papierweiblein wieder abwenden wollte, fiel ihr etwas ein: »Das ist falsch. Er versprach, dich nicht zu vergessen, und nur dafür hast du ihm die Münzen gegeben. Nicht für den Weg.«

»Das eine schließt das andere nicht aus«, meinte das Papierweiblein, »aber ich will euch eine Chance geben. Ich werde ihn fragen. Hat er etwas, das er hergeben würde, so will ich es zum Tausch anbieten.«

Stille trat ein.

Nicht einmal die Buchstabenwürmchen spukten einen Buchstaben aus. Eduardo Tafantiso schien zu bemerken, dass irgendetwas geschah, und wartete geduldig ab. Wahrscheinlich, dachte Eliza, ergeht es ihm oft so, wenn er nichts außer Papier sieht.

Dann aber kehrte das Papierweiblein in Cedrics Augen zurück, die für eine Weile nur ins Leere geschaut hatten.

Das Weiblein wandte sich an den Tintenklecksling. »Wenn Sie mich befreien, müssen Sie dafür sorgen, dass dieser Körper unversehrt bleibt.«

»Aber meine Liebe«, protestierte dieser, »was Sie verlangen, ist unmöglich! Sie zu befreien ist ein Leichtes, und Ihnen die Freiheit zu schenken, ist ein Lohn, aber-«

»Er wird Sie bezahlen«, unterbrach ihn das Papierweiblein und streckte eine Hand aus, damit eines der Buchstabenwürmchen einen von Cedrics Fingern erreichen konnte.

Das Tierchen kroch darauf.

»Köstlich«, ließ es Buchstaben auf Cedrics Finger fallen. »Fürwahr. Köstlich.«

»Was ist es?«, fragte Eduardo Tafantiso gebannt. Er schien vor Anspannung ein wenig zu wachsen.

»Worte«, bildeten die Buchstaben, die aus dem Mund des Würmchens purzelten. »Ungesagte Worte. Und Buchstaben. So viele Buchstaben, frisch und ungebraucht.«

Der Tintenklecksling klatschte in die Hände und streckte dem Papierweiblein dann eine Hand entgegen.

»Dieser Lohn ist es wahrlich wert, Ihnen einen Zauber und dem Körper, in dem Sie stecken, den Traum von der Freiheit zu erfüllen.«

Cedrics Hand berührte Eduardo Tafantisos. Tintenschwarze Dunkelheit verschluckte die beiden, und Eliza Willows, deren Herz vor Aufregung zu zerspringen schien, konnte nichts anderes tun, als zu warten, was geschehen würde.

Etwas sagte ihr, dass alles gut werden würde und doch nichts, weil alles und jedes immer zwei Seiten hatte.

Kapitel 34
VERLORENE WORTE

Manchmal tönen stumme Schreie schrecklich laut, und nichts auf der Welt scheint sie verstummen lassen zu können.

Als das Tintenschwarz abermals verblasste, waren die Buchstabenwürmchen und Eduardo Tafantiso fort. Nur Cedric war noch da, und er taumelte auf Eliza zu, die ihn auffing, als er drohte, das Gleichgewicht zu verlieren, und sie half ihm, sich aufzurichten.

»Ist es fort? Das Papierweiblein meine ich, die Zauber.«

Cedric nickte, und als sie in seine Augen sah, war da nur noch er, und sie schlang erleichtert die Arme um ihn.

Doch das ungute Gefühl war noch da, und als sie sich von ihm löste und sich ihre Blicke erneut trafen, sah sie, dass da etwas Neues war, etwas Dunkles und Trauriges, und ihr fiel ein, was sie für einen kurzen, wunderbaren Moment vergessen hatte: Cedric hatte etwas bezahlen müssen.

»Was hast du getan?«, flüsterte sie und wiederholte die Frage, als müsse sie sich selbst davon überzeugen, die Antwort überhaupt hören zu wollen.

Sie hörte sie auch nicht. Cedric stand nur da, still und stumm, obwohl er den Mund bewegte.

Eliza starrte ihn an, verstand nicht, bis Moira leise sagte: »Er hat seine Worte hergeben. Die ungesagten. Die zukünftigen.«

Topantimbur Olifius brachte die Wahrheit auf den Punkt. »Er hat seine Stimme hergegeben.« Die Worte des Porzellangesichts klangen traurig.

»Was?« Eliza sah fassungslos von einem zum anderen, aber keiner sagte etwas, und das Schweigen schrie so laut, dass es wehtat, wie es Wahrheiten beizeiten zu tun pflegen, wenn sie schmerzhaft und schrecklich und schier unveränderbar sind.

Eliza schrie, sie schrie ihren Schmerz heraus und sie schrie auch für Cedric, doch all das Schreien brachte nichts, und die einzelne Träne, die aus Moira Reeves Augen fiel, ließ sie verstummen, machte ihr klar, dass nichts etwas ändern würde und dass sie weitergehen mussten.

Weitergehen, weil es noch nicht zu Ende war.

Weil der Narr Recht gehabt hatte, so wie ein Narr immer Recht hatte.

Sie suchten drei Träume.

Und erst einen hatten sie gefunden – gefunden und bitter bezahlt.

»Wir müssen weiter«, sagte sie schließlich matt. Moira schwebte zu ihr und flüsterte: »Es tut mir leid. Ich wollte nicht-«, aber Eliza unterbrach sie.

»Ich weiß«, sagte sie.

Dann sah sie Cedric an, Cedric, der weder schrie noch weinte, sondern der einfach nur dastand, in seiner dunklen Jeans und dem hellen Kapuzenshirt.

Er schenkte ihr ein Lächeln, zog wahllos ein Blatt neben ihm aus dem Regal und holte dann einen Stift aus seinen Hosentaschen hervor, mit dem er schrieb: *Mach dir keine Sorgen. Alles wird gut werden. Aber pass auf dich auf. Träume haben oftmals einen hohen Preis.*

Und Eliza Willows, die wusste, dass Teile dieser Nachricht ebenso Lüge waren, wie die andere Wahrheit, nickte und erwiderte das Lächeln, das ihr geschenkt wurde.

Denn manchmal konnte ein Lächeln einen schlimmen Moment ein wenig aufhellen, und dies war so ein Augenblick.

Sie gingen zum Ausgang. Wieder begegnete ihnen niemand, und auch den Tintenklecksling sahen sie nicht mehr. Manchmal meinten sie, einen Zettel durch die Luft schweben zu sehen, aber sie achteten nicht weiter darauf, welche Idee verschwand, welcher Gedanke gedacht werden würde und welches Luftschloss irgendwo neu gebaut.

Einmal fragte sich Eliza, ob es vielleicht gar ein Wort von denen war, die bis eben noch Cedric gehört hatten, aber sie verwarf den Gedanken sofort wieder, denn für Fragen, auf die es keine Antwort gab, hatte sie keine Zeit.

Einzig an der Tür sahen sie kurz das Papierweiblein, das ihnen nachsah.

Die münzlosen Augen waren nun vom tiefen Blau der Tinte, mit der einst die Zauber geschrieben worden waren.

Dann verschwand es, und sie verließen das Zettelkastenhaus.

Kapitel 35

DIE STRAßE DER ZERBROCHENEN TRÄUME

Auf der Straße verstummte die schreckliche Stille und wich dem normalen Lärm des Trödelmarktes. Sie waren nicht mehr dort, wo sie das Haus betreten hatten.

Topantimbur Olifius meldete sich blätterraschelnd zu Wort. »Die Zettelkastenhäuser verändern sich mit jeder Idee, die sie verlässt und jeder, die ihnen hinzugefügt wird.«

Eliza nickte beiläufig. Es war ihr egal, was mit diesen Häusern geschah.

Ihretwegen konnte all das Papier dort in Flammen aufgehen – doch sie hatte den Gedanken noch nicht zu Ende gedacht, da tauchte plötzlich der Narr vor ihr auf, abermals den Spiegel in der Hand, sodass sie hineinsehen musste. Sie erblickte sich selbst, und ihr Spiegelbild legte warnend einen Finger auf die Lippen. »Schhh. Wünsche sind hier mächtiger als anderswo, und wie Träume haben sie auch ihren Preis.«

Schon im nächsten Augenblick war ihr Spiegelbild verschwunden, denn der Narr drehte den Spiegel in den Händen, und ihr reflektiertes Selbst verwirbelte in den bunten Farben ihrer Umgebung. Als der Narr den Spiegel anhielt, war es Moira, die sie darin sahen, Moira, unter deren Augen aus Meeresleuchten und Himmelssehnen nur noch vier Sterne leuchteten.

Cedric stieß ein Keuchen aus und Eliza schlug die Hände vor dem Mund zusammen.

Vier Sterne. Vier Tränen.

Der Narr drehte den Spiegel erneut, und als er zum zweiten Mal innehielt, spiegelte sich nur Cedric darin, Cedric, dessen Spiegelbild flackerte und für Sekundenbruchteile wieder und wieder das Papierweiblein zeigte, das unentwegt den Mund bewegte.

Es sprach Worte, denen Eliza nicht folgen konnte, aber sie verstand, dass sie auch nicht für ihre Ohren bestimmt waren, sondern nur für Cedrics.

Als der Mund des Papierweibleins verharrte, drehte der Narr den Spiegel abermals und hielt ihn dann so fest, dass ihnen nur die Rahmenrückseite entgegenblickte.

Dann verbeugte er sich, wieder so tief, dass seine Nase beinahe seine Knie berührte und die freie Hand steil in den Himmel zeigte.

Als er sich erhob, grinste er breit.

»Nun wisst ihr, was ihr wissen müsst und könnt tun, was es zu tun gilt. Eure Zeit ist knapp, denn eine jede Träne ist ebenso kostbar wie ein Lächeln.«

Mit einer Handbewegung ließ er den Spiegel verschwinden und jonglierte in der nächsten Sekunde mit drei Bällen.

Das Buch in Elizas Händen raschelte. »Fragt ihn«, flüsterte das Porzellangesicht, »wohin ihr gehen müsst. Er kennt den Weg.«

Der Narr neigte den Kopf und das Grinsen auf seinem Gesicht verblasste für einen Moment, als gäbe es auch in seinem Leben Erinnerungen, an die er nicht hatte erinnert werden wollen. Fast meinte Eliza, eine Träne in seinen Augen zu sehen, aber sie ging in dem Lachen unter, dass eine Spur zu laut schien, um echt zu sein.

»Recht hast du, altes Buch. Ich weiß wohin, denn dorthin würden nur die Narren gehen, nicht wahr?«

Sein Lachen verhallte keckernd, als er weitersprach. »Zur Straße der zerbrochenen, vergessenen und begrabenen Träume.«

Topantimbur Olifius schloss einen Moment die Augen, dann öffnete er sich raschelnd und zeigte ihnen abermals die Karte, die sie zuvor zu den Zettelkastenhäusern geführt hatte.

Dieses Mal war kein Stift eingezeichnet, der auf einen winzigen Zettel schrieb. Nur ein Kreuz war dort, auf eine Straße gemalt, schwarz und fett, neben einer Maske, deren Mund traurig nach unten gezeichnet war und unter deren Auge eine Träne war.

»Wie auf einem Friedhof ist es dort«, flüsterte das Buch. »Denn alle Träume dort sind tot und verloren.«

Eliza betrachtete die Karte. Sie mochte keine Friedhöfe, hatte sie, wenn sie ehrlich war, noch nie gemocht, auch wenn sie bisher noch gar nicht so recht darüber nachgedacht hatte.

Es war nicht so, dass sie Angst hatte.

Nein. Die Toten würden ihr nichts tun, und selbst die Erinnerungen, die an solchen Orten nur einen leichten Schlaf zu haben schienen, verblassten, wenn man den Gräbern den Rücken kehrte.

Und trotzdem.

Sie mochte keine Friedhöfe.

Nicht den, auf dem die Eltern ihres Vaters lagen, die sie nie kennengelernt hatte. Nicht den, auf dem all die Spiegelscherben begraben waren, die einst grausame Zauber hatten zersplittern lassen.

Und sie wusste instinktiv, dass sie eine Straße, auf der es nur tote Träume gab, noch weniger mögen würde.

Dennoch sagte sie: »Also los«, ehe ihre Stimme ihrem Herzen folgen konnte, das fortfliegen wollte. Sie sah die anderen herausfordernd an, aber der Narr schüttelte den Kopf.

»Niemand wird dich begleiten können«, sagte er. »Du wirst allein sein, wenn man von mir absieht, und ich bin ein Narr, denn nur ein Narr würde dich dorthin begleiten.«

»Warum?«, fragte Moira, der eine weitere Träne aus den Augen rann.

»Weil diese Straße ein Ort ist, der für jeden anders ist, denn die wenigsten Träume werden wirklich gemeinsam geträumt, und so trägt ein jeder andere Träume zu Grabe oder lässt Luftschlösser in Flammen aufgehen oder zu Ruinen zerfallen.«

Eliza nickte verstehend und sah zu ihren Freunden.

Cedric lächelte ihr aufmunternd zu, aber das Nebelmädchen kam dicht zu ihr und legte die Hände auf ihre. »Es tut mir leid«, wiederholte es, und in den grüngoldenen und silberblauen Augen glitzerte eine weitere Träne.

»Nicht weinen«, flüsterte Eliza, obwohl ihr selbst danach zumute war, »du weißt doch, wie kostbar deine Tränen nun sind. Sie geben uns Zeit, denn es scheint, dass zuerst ich meinen Zauber finden muss, bevor wir uns auf die Suche nach deinem machen können.«

Moira nickte und schluckte die Träne herunter, was Eliza ein erleichtertes Lächeln abrang, bevor sie sich dem Narren zuwandte.

»Wir können«, sagte sie. »Aber versprich mir, dass du mich nachher hierher zurückbringst.«

»Nur ein Narr verspricht, was er nicht halten kann«, erwiderte er gedankenvoll, dann lachte er. »Aber ich bin ein Narr. Also verspreche ich es feierlich.«

Er legte die Hand auf sein Herz und verbeugte sich.

Kapitel 36

ERINNERUNGEN AUF PERLENSCHNUR

Die Straße, die er Eliza entlangführte, war von verlassenen Häusern und leeren Trödelständen gesäumt, aber jedes einzelne von ihnen wirkte verwaschen und verschwommen.

»Die Straße der zerbrochenen Träume«, sagte der Narr, der schweigend vor ihr herging.

»Wer bist du?«, fragte Eliza.

Der Narr hob eine Augenbraue. »Der Narr.«

Eliza verdrehte die Augen. »Ich meine, wie heißt du?«

»Ein Narr hat nie einen Namen«, gab er zur Antwort, »denn ein Narr muss stets niemand und jedermann zugleich sein. Ein Spiegel, der alles zeigt, was sich ihm zeigt.«

Dann schwieg er und ging weiter.

Eliza folgte ihm.

Die Straße veränderte sich. Sie wurde schmaler, die Häuser drängten sich dichter zusammen und hier und da berührten sich die Balkone. Eliza war es, als würde ihr die Enge den Atem rauben.

Der Narr jonglierte mit Äpfeln und biss in einen hinein.

»Ist es noch weit?«, erkundigte sich Eliza.

Der Narr zuckte mit den Schultern. »Wir werden es wissen, wenn wir da sind.«

Und ja, der Narr sollte Recht behalten. Eliza Willows spürte, als sie das Ziel erreicht hatten, noch ehe sie das

Haus sah, dass es ihre begrabenen und vergessenen Träume verbarg, denn spätestens am Haus hätte sie es erkannt. Es war das Haus, in dem sie aufgewachsen war, das Haus, das sie erst wenige Tage zuvor mit ihrer Mutter verlassen hatte.

Die roten Backsteine leuchteten wie die Abendsonne und die geschlossenen Fensterläden ließen das Haus wirken, als würde es schlafen.

Der Narr ließ sich auf einem Mäuerchen nieder, das Grundstück und Straße voneinander trennte.

»Und jetzt?«, fragte Eliza, aber sie kannte die Antwort schon, bevor der Narr sie ihr gab.

»Jetzt«, sagte er, »suchst du einen Traum.«

»Und wie soll ich erkennen, welchen ich nehmen soll?«

Der Narr zuckte mit den Schultern. »Welchen du nimmst, ist doch egal. Es muss nur der richtige sein.«

»Und was machst du?«

Der Narr neigte den Kopf. »Ich zähle Krähen. Alle Narren tun dies beizeiten.« Dann wandte er sich dem Himmel zu, über den ein Schwarm Krähen zog. »Eine Krähe für die Sorgen, zwei für die Freude«, begann er zu zählen, ohne noch einmal zu Eliza zu sehen, die wütend die Fäuste ballte.

Eine Weile blieb sie einfach so stehen und sah zu, wie er weiter die Krähen zählte. Dann wandte sie sich ab und griff entschlossen nach der Klinke des Gartentores, durch das sie so oft gegangen war.

Als sie es berührte, fiel es aus den Angeln. Sie schob es beiseite und betrat das Grundstück. Rechts auf dem Rasen, der verbrannt schien, stand ihre alte Schaukel. Sie hing nur noch an einem Seil und das Gestell war mit Rostflecken übersät.

Als sie näher an das Haus herangekommen war, stellte sie fest, dass es ebenfalls verfallen war, sie hatte es nur von der Straße aus nicht gesehen.

Die Farbe der weißen Läden blätterte ab, und den Backsteinen fehlte hier und da eine Ecke, andere hatten Risse.

An der Tür hingen die Zahlen der einstigen Haustür verkehrt herum herab, und auch das Quietschen, das die Tür von sich gab, als Eliza sie öffnete, tat in den Ohren weh – wie ein Schmerzenslaut, gegen den man nichts zu tun vermochte.

Schlimmer aber noch als all dies zu sehen, war es, das Haus selbst zu betreten, denn allein der Flur war vollgestopft mit Dingen, die einst wichtig gewesen und es nun nicht mehr waren.

Träume, die einmal fester Bestandteil des Lebens gewesen waren und nun keine Rolle mehr spielten.

Da war der Teddy, der sie einst vor Albträumen beschützt hatte.

Das Puppenhaus, in dem sie ihre Zukunft gespielt hatte.

Wertloser Tand und allerhand mehr.

Gemalte Bilder voller Kinderwünsche.

Weihnachtswunschlisten.

Bilderbücher mit leeren Seiten, weil ihre Geschichten vergessen waren. So viele Dinge, an die sich Erinnerungen gehangen hatten, wie es Erinnerungen gerne taten, so viele Erinnerungen, die einstmals Träume waren.

Eliza Willows, in deren Hals sich ein Kloß der Trauer bildete, ging weiter, stieg die Treppe nach oben, hoch, in ihr altes Zimmer, obwohl alles in ihr danach schrie, fortlaufen zu dürfen vor der Vergangenheit.

Dann aber bemerkte sie, dass nichts von alldem wirklich wehtat.

Es berührte sie, und es machte sie traurig, aber es tat nicht weh.

Weil die Dinge, die sie sah, vergangen waren, weil sie es sein mussten.

Sie hatten Platz machen müssen, für neue Träume, Hoffnungen und Wünsche. Da war das Bild des Jungen, von dem sie einmal gedacht hatte, er würde sie mögen. Es war mit Rissen überzogen. Die Ballettschuhe, die sie zu ihrer einzigen Tanzstunde angehabt hatte, nur um festzustellen, dass Ballett nichts für sie war, obwohl sie es sich immer gewünscht hatte.

Überall auf ihrem Weg war sie auf Perlen getreten, die einmal ihrer Mutter gehört hatten, bis Eliza die Kette zerrissen hatte. Kurz vor dem Umzug war es gewesen, bei einem Streit, so unwirklich, dass Eliza geglaubt hatte, sie hätte daran ersticken müssen.

Sie leuchteten, und Eliza erkannte, dass es die Gedanken ihrer Mutter waren, die sie strahlen ließen, weil die Kette immer noch einen Wert für ihre Mutter hatte.

Und Eliza Willows, die verstand, dass es keiner ihrer Träume war, den sie retten musste, begann, die Perlen aufzusammeln, eine nach der anderen, bis sie alle zusammen hatte. Sie freute sich, des Rätsels Lösung so schnell gefunden zu haben, dass sie beinahe die Warnung des Narren vergaß, dass ein jeder Traum seinen Preis hatte. Die Erinnerung daran kam zurück, als sie in den Flur ging, um das Haus zu verlassen, den Narren zu treffen und zu ihren Freunden zurückzukehren.

Denn als sie durch die Haustür auf die Veranda trat, sah sie, dass sie nicht länger allein war. Sieben Krähen saßen auf der Terrassenumrandung, und unwillkürlich setzte

Eliza die Zählung des Narren fort, den sie am Ende des Vorgartens vor dem Zaun stehen sah.

»Sieben Krähen für ein Geheimnis, das nicht verraten werden darf«, wisperte sie.

Alle Vögel sahen sie an, einem von ihnen hing ein Stück Schnur aus dem Schnabel.

»Ich muss eine Kette aufreihen«, schloss Eliza. »Ich muss reparieren, was ich kaputtgemacht habe.«

Die sieben Krähen nickten. Eine krächzte.

»Aber für die Schnur muss ich bezahlen«, vermutete Eliza.

Wieder ein Nicken von sieben Krähenköpfen.

»Was verlangt ihr?«

Sechs der sieben Krähen erhoben sich, nur die mit der Schnur im Schnabel blieb sitzen.

Eine Krähe für die Sorgen, wiederholte Eliza im Inneren den Abzählvers des Narren, und als die Krähe die Augen schloss, tat sie es ihr gleich, ahnend, dass nichts Gutes kommen würde.

Sie hörte Krähenkrächzen in ihrem Kopf, und es verschmolz zu Worten, leise und flüsternd, fast unverständlich. Kaum waren sie verklungen, war es wieder still.

Eliza öffnete ihre Augen, und in ihrer Hand lag das Stück Schnur. Die Krähe war fort, und mit ihr, das wusste sie, auch das, was der schwarze Vogel verlangt hatte.

Sie griff sich an den Hals, aber sie merkte keinen Unterschied.

Sie trat hinaus auf den Gang und sah zu den Krähen, die davonflatterten.

Dann lief sie zurück zu dem Narren, der immer noch auf dem Mäuerchen sah und ihr grinsend entgegenblickte.

»Bring mich zurück«, bat sie.

Er betrachtete sie kurz, dann schüttelte er den Kopf. »Du musst hier noch etwas tun.«

Seine Blicke berührten die Perlen in ihrer Hand.

»Das kann ich doch später machen«, widersprach Eliza, aber der Narr verneinte. »Nein. Es sind immer die kleinen Dinge, die wahre Größe haben.«

Er sah ihr fest in die Augen.

Eliza begriff, was er meinte.

Sie musste die Kette hier und jetzt auffädeln, denn jede Perle war ein Wunsch, den ihre Mutter zurückhatte lassen müssen, und nur an diesem Ort lebte ihre Magie noch.

Also fädelte Eliza, die versuchte, nicht daran zu denken, dass eine Krähe nun den Klang ihres Lachens in sich trug, denn das war der Preis gewesen, den sie zu zahlen gehabt hatte, die Perlen auf.

»Du hast immer noch die Tränen«, warf der Narr ein.

Sie sah von der Kette auf. »Du bist weise«, sagte sie.

Er zuckte mit den Schultern. »Ich bin ein Narr.«

»Wo sind deine gestorbenen Träume begraben?«, fragte Eliza.

Der Narr lachte. »Es gibt sie nicht. Ich bin ein Narr. Ich kenne keine Sorge und weiß doch, wo sie sind.« Er stieß ein Lachen aus, das nicht wirklich eines war, sagte aber nichts weiter.

Eliza verknotete die Schnur und steckte die Kette in ihre Tasche.

Der Narr nickte und hielt ihr den Spiegel vor Augen. Ihr Blick verfing sich darin, aber noch ehe sie erkennen konnte, was für eine Wahrheit darin zu sehen war, stand sie bereits wieder vor den Zettelkastenhäusern, wo Moira und Cedric auf sie warteten, Topantimbur Olifius in der Hand.

Beide begrüßten sie fröhlich lachend, doch das Lachen verstummte mit der Erkenntnis, dass ihr eigenes Lachen keinen Klang mehr hatte.

Moira weinte einen Stern vom Himmel und Cedric flüsterte einen Trost, der keine Worte besaß.

Das Lederbuch in ihren Händen aber, raschelte mit seinen Seiten, denn immer noch fehlte ein Traum und die Tränen waren gezählt.

Kapitel 37

DIE SPUR DES PÜPPCHENS

Wieder sahen sie die Karte, wo wie von Zauberhand ein kleines, gemaltes rotes Püppchen erschien, wie die Markierung eines Schatzes.

Und Eliza Willows, Cedric Taylem und Moira Reeves folgten ein letztes Mal der Karte, die das sprechende Buch ihnen offenbarte. Sie liefen durch Gassen, überquerten Straßen, rannten vorbei an Häusern und Schlössern, an Hütten und Ruinen und gelangten schließlich zum Hafen, wo riesige Dreimaster neben kleinen Fischerbooten am Ufer lagen und leise im Takt der Wogen schaukelten.

»Das ist das Traummeer«, erklärte Topantimbur Olifius, als Eliza fragte.

»Dort draußen fischen die Traumfischer nach den Träumen.«

Eliza dachte an die schillernden und glitzernden Fische aus ihrer Vorstellung, und als wäre auch dieser Gedanke eine Frage gewesen, durchblätterte das Buch in ihren Händen sich selbst, und auf den Seiten, die nun vor ihnen lagen, sahen sie eine Reihe von Bildern, allesamt so schön und schillernd, dass es keinem von ihnen möglich war, sie in Worte zu fassen.

»Das sind Träume«, erklärte Topantimbur Olifius. »Ungeborene, ungeträumte Träume, die noch nicht mit Erinnerungen verflochten sind.«

Die Seiten blätterten raschelnd zu der Karte zurück, wo die kleine, gezeichnete Puppe ihnen erneut die Richtung wies. Weit war es nicht mehr, nur noch einige Schritte, und der Weg führte sie zu einer kleinen Hütte, die sich zwischen den Außenwänden von zwei Häusern schmiegte.

Das Buch schloss sich, und die Porzellanaugen von Topantimbur Olifius schlossen sich, als gäbe es nichts mehr zu sagen. Die Seiten, die Eliza blätternd aufschlug, waren leer.

»Scheint, als wären wir da«, meinte Moira leise. In ihrer Stimme schwang Unsicherheit mit, und eine Angst, die Eliza kaum merklich zittern ließ. Auch der Blick aus Cedrics Augen war von einer dunklen Ahnung durchzogen. Die Angst der beiden schwappte auf Eliza über, doch sie biss die Zähne zusammen, hob die Hand und klopfte gegen die Holztür. Der Schlag ließ die kleine Hütte beben.

Schlurfende Schritte waren von innen zu hören, einige gemurmelte Worte. Offensichtlich wurde etwas auf die Seite geschoben, und schließlich öffnete sich die Tür.

Die Frau, die ihnen entgegenblickte, mochte nicht viel älter sein als Margaret Willows. Wie Elizas Mutter hatte sie schulterlanges Haar, doch war es weiß wie frisch gefallener Schnee und ihre Augen waren silbern wie Mondlicht, das vom Himmel getropft war. Sie trug ein verblichenes schwarzes Kleid, das bereits so abgetragen war, dass der Stoff stellenweise durchlässig schien.

In ihren Händen hielt sie eine goldene Kugel.

Sie betrachtete die Neuankömmlinge mit großen, traurigen Augen. Sie sagte nichts, nicht einmal ein Wort zur Begrüßung.

Eliza war es, die die unangenehme Stille durchbrach. »Wir suchen einen Traum.«

Die silbernen Augen der Fremden musterten sie eine Weile stumm, dann antwortete sie mit einer Stimme, die wie Dunkelheit und Eis war: »So suche ich einen Stern. Am Ende sind wir doch alle nur Suchende.«

Das Buch in Elizas Händen raschelte leise vernehmlich mit den Seiten. Der Blick der Fremden fiel darauf. »Oh. Topantimbur Olifius hat euch hergeführt.«

»Du kennst ihn?«

Die weißhaarige Frau, die Eliza an eine traurige und sanftmütige Version der Schneekönigin erinnerte, warf ihr einen verwunderten Blick zu. »Natürlich kenne ich ihn. Ich selbst habe …« Sie schüttelte den Kopf. »Aber das spielt nun keine Rolle. Was sucht ihr für einen Traum?«

»Ein kleines Strickpüppchen«, sagte Eliza. »Mit einem roten Häkelkleid.«

Die Augen der Fremden öffneten sich erstaunt und ihren Mund umspielte plötzlich ein freudiges Lächeln. »Oh«, rief sie, »wenn das so ist, dann tretet ein, tretet doch ein!«

Sie öffnete die schmale Tür ganz und gab den Blick ins Innere der Hütte frei, das dem verfallenen Eindruck von außen nicht gerecht wurde. Wo Cedric, Eliza und Moira nur hinsahen, ihre Augen fanden nichts als Gold.

Kapitel 38

STERNENSUCHER

Es gab nur einen Raum, in dem eine schmale Pritsche auf der einen Seite einem Tisch mit vier Stühlen gegenüberstand. Und trotzdem war das Zimmer voll.

Überall waren Sterne. Golden strahlend, aus Papier gefaltete und geschnitten, aus Metall und Porzellan. Bilder von Sternen hingen dicht an dicht, sodass nirgends mehr ein Stückchen Wand zu sehen war. Auf dem Boden lagen weitere Sterne – Klangsterne, die leise sangen, wenn man sie berührte, Sterne aus Plastik, die vielleicht einmal zu einem Kinderbauklotzspiel gehört hatten, solche aus Holz, die man goldbemalt in Weihnachtsbäume hing, Sterne mit und ohne Schweif, hier und da einfache Murmeln, die mal gelb, mal golden und mal silbern glänzten. Sogar an der Decke funkelten Sterne im Zwielicht, Aufkleber aus Plastik, die im Dunkeln leuchteten, wenn zuvor Licht auf sie gefallen war, Sterne aus Goldfolie und irgendjemand hatte sogar leuchtend gelbe Kreidesterne auf den tristen Boden gemalt, auf dem Tarotkarten lagen, die allesamt das Motiv des Sterns zeigten.

Sie folgten der Frau zum Tisch und nahmen Platz. Eliza hielt das Buch fest in ihren Händen, aber das Rascheln wurde lauter und fordernder, und so legte sie es schließlich auf die Himmelskarten und Sternbilder, die den Tisch bedeckten.

Die Fremde bedachte das Porzellangesicht mit einem liebevollen Blick.

»So also sehen wir uns wieder«, wisperte sie, und die Traurigkeit, die sich in ihre Stimme mischte, ließ sie wie Regen werden.

Das Porzellangesicht lächelte und schlug um, als sich das Buch mit einem raschelnden Blättern öffnete.

So also, schrieben sich Worte von selbst auf eine weiße Seite.

»Es ist lange her«, sagte die Fremde.

Lange, Solitaire, antwortete das Buch in geschwungener Schrift. *Viele Träume sind gestorben.*

Die Fremde, die den Namen Solitaire zu tragen schien, nickte bestätigend, wisperte dann aber: »Meiner nicht.«

Nein, schrieb das Buch, das Topantimbur Olifius' Stimme war, *deiner nicht. Doch wohin hat er dich geführt?*

Feine Striche zeichneten die Hütte.

Solitaire neigte den Kopf, und der Regen, der in der Luft zu spüren gewesen war, legte sich in ihre Augen und ließ eine Träne fallen.

Bedauern, Solitaire?, fragte das Buch.

»Nein. Nicht, darüber, dass ich hier bin. Es muss so sein.«

Und doch bereust du, stellte Topantimbur Olifius fest.

»Ja.« Solitaires Blick kehrte sich für einen Moment nach innen, dorthin, wo die Erinnerungen Bilder malten, die nur sie sehen konnte. »Wenn ich etwas bereue, dann nur, dass ich ihn zurückgelassen habe.« Sie ballte die Hände zu Fäusten. »Aber ich musste es tun. Ich musste ihn verlassen. Er war zu wichtig geworden, hier drin.« Sie legte eine Hand über ihr Herz. »Ich hatte Angst, meinen Stern durch ihn nicht mehr finden zu können.«

Vielleicht war er dein Stern, sagte Tofantimbur Olifius.

Für einen Moment schien Solitaire zu erschrecken, aber dann schüttelte sie den Kopf. »Nein. Er war nur ein Narr.«

Sprach die Närrin, erwiderte das Buch. *Du hast ihm die Leichtigkeit gestohlen und die Sorgen geschenkt.*

»Ja.« Solitaire lächelte ein Lächeln, das aus der Vergangenheit zu kommen schien. »Wie heißt es doch so schön? Ein Narr ist immer ein Spiegel?«

Die Buchseiten raschelten bestätigend. *Und in Spiegeln spiegeln sich die Spiegel.*

Das Lächeln verharrte noch einen Moment auf Solitaires Lippen, dann huschte es fort, vorbei an den silbergrauen Augen, hinauf zu den Sternen, von denen einige in seinem Licht funkelten.

»Weißt du, wie es ihm geht?«

Nein.

Solitaire lächelte. »Auch ich sah ihn nie wieder, nur andere wie ihn.«

Das seltsame Zwiegespräch verstummte für einen Augenblick, dann schrieben sich erneut Buchtstaben auf das Weiß des Blattes. *Du solltest nicht hier sein. Ich habe dich gewarnt, ich habe dir gesagt ...*

»Ich weiß, was du gesagt hast«, schnitt Solitaire ihm das Wort ab.

Die Seiten des Buches raschelten verstimmt.

Was, wenn du niemals einen Stern findest?«, fragte Topantimbur Olifius dann.

Solitaire zuckte mit den Schultern. »Dann träume ich weiter, bis mich meine Schritte über den Abgrund tragen, von dem ich weiß, dass es ihn gibt, den ich aber niemals sehe, weil sich meine Augen stets in den Himmel richten. Du hast es selbst gesagt. Ich bin eine Närrin.«

Das Buch schwieg, und Solitaire wandte sich Eliza, Cedric und Moira zu.

»Verzeiht bitte. Topantimbur Olifius begleitete auch mich einst bei einer Suche.« Wieder wanderte ihr Blick in die Vergangenheit, aber schnell fing sie die wilden Gedanken wieder ein und lächelte.

»Aber ihr seid nicht wegen mir hier, auch wenn ich glaube, dass euer Hiersein mit meinem Traum verknüpft ist, so wie alles, betrachtet man es genau, miteinander verknüpft ist. Aber lasst mich euch zuerst vorstellen. Ich bin Solitaire. Man nennt mich auch die Einsame oder die Suchende. Am Ende ist beides gleich und wahr, denn wer sucht, der wird oft einsam.« Ihre silbernen Augen flackerten von einem zum anderen.

»Einst war ich anders, tanzte auf einem fahrenden Jahrmarkt. Dort sah ich einmal, wie ein Stern vom Himmel fiel, und seither bin ich auf der Suche nach einem Stern.«

Topantimbur Olifius mischte sich seitenknisternd ein: »Es ist nicht gut, sein Leben nur an einen Traum zu hängen. Es ist sogar mitunter gefährlich.«

Solitaire warf ihm einen Blick aus den Augenwinkeln zu. »Ja, alter Freund, das sagtest du mir auch früher schon. Und wahrlich, recht hast du.«

Sie fixierte Eliza. »Sein Herz nur an einen Traum zu hängen, bedeutet, alles andere sonst zu verlieren. Dinge, die von Wert waren. Menschen, an denen das Herz hing. Und in weiten Teilen gar vielleicht das eigene Leben. Aber manchmal ist es das auch wert. Manchmal gewinnt man am Ende alles.«

Eliza Willows nickte, denn sie glaubte zu verstehen, was die Frau mit dem schneeweißen Haar meinte.

Solitaire lächelte.

Topantimbur Olifius schlug sich zu und schüttelte den Kopf aus Porzellan.

»Du hast zu viel gegeben. Selbst die Farbe deiner Haare.«

Solitaires schlanke Finger fuhren durch ihr langes, weißes Haar.

»Ja, einst waren sie schwarz, damals, als ich noch auf dem Rabenball tanzte. Aber das ist lange her, und wenn ich die Farbe meiner Haare nicht einst hergegeben hätte, wärt ihr nun nicht hier.«

Solitaire stand auf und ging hinüber zu der Pritsche, wo sie etwas unter einem alten Kissen hervorzog, dessen nachtblauer Stoff ebenso mit Sternen bestickt war wie die Decke.

Kapitel 39

DER TRAUM DES NEBELMÄDCHENS

Als sie zurück zum Tisch kam, legte sie ein kleines, gestricktes Püppchen auf den Tisch, das ein rotes Häkelkleidchen trug.

Moira stieß ein ersticktes Keuchen aus. »Musch«, flüsterte sie leise und streckte eine Hand nach dem Püppchen aus, berührte es jedoch nicht. Ihre goldgrünen und silberblauen Augen aus Meeresleuchten und Himmelssehnen wirkten in der Hütte als wären sie ein Bestandteil des Sternenmeers, das sie umgab.

»Sie«, sagte Solitaire und zeigte auf die Puppe, »ist mein größter Schatz. Für sie gab ich die schwarze Farbe meiner Haare, ebenso wie das Sonnenlicht in meinen Augen.«

»All das für ein Püppchen?«, fragte das Porzellangesicht auf dem Buch.

»Es ist nicht nur ein Püppchen, und das weißt du. Es ist ihr Traum«, sagte Solitaire und deutete auf Moira. »Es ist ihr Traum. Und niemand weiß besser als du, dass ein Traum stets einen anderen Traum kostet, manchmal sogar noch mehr.«

Topantimbur Olifius nickte und schwieg abwartend, während sich Solitaire wieder Moira, Cedric und Eliza zuwandte.

»Als ich dieses Püppchen hier fand, hatte ich bereits die halbe Welt bereist auf der Suche nach einem Stern. Ich war Spuren gefolgt, die im Sande verlaufen sind und vom Wind verweht worden waren. All meinen Besitz hatte ich bereits hergegeben, für Sternenkarten und

Bilder, Rätsel und Mysterien, für Symbole und Tand, in dem Magie verborgen sein sollte, so wie in allem Magie stecken kann für den, der an sie glaubt.«

Solitaire betrachtete die Puppe. »Selbst diese Puppe ist magisch, denn nahm sie nicht auch einmal Ängste oder Einsamkeit von dir fort, war dir eine Freundin?«

Das Nebelmädchen nickte und Solitaire fuhr fort: »Dein Püppchen jedoch ist noch mehr. Es ist nicht nur dein Traum, es ist auch meiner. Denn als ich dem Händler, an dessen Stand ich es hier, auf dem Trödelmarkt der Träume, entdeckte, von meiner Suche erzählte, sagte er: Dann ist dies alles, was du suchst, denn einmal wird jemand kommen und dir dafür geben können, was du dir von Herzen wünschst. Natürlich musste ich dieses Püppchen sofort haben, doch der Preis, den der Händler nannte, war unbezahlbar für mich. So gab ich ihm die Farbe meines Haares, in der sich einst Flügel verbargen und das Sonnenlicht in meinen Augen. Seither sind meine Tage dunkel, denn ich vermag die Sonne nicht mehr zu sehen, doch hielt ich dann das Püppchen in den Armen.«

»Ich hätte dich aufgehalten«, warf Topantimbur Olifius ein.

Solitaire strich über den Buchumschlag. »Ja, das hättest du. Mit dir wäre ich vielleicht nie an den Stand gekommen, wo ich das Püppchen fand. Aber du warst schon nicht mehr bei mir, denn du warst der Preis, den ich zahlte, um überhaupt hierherzukommen. Ich gab dich fort, und damit gab ich meine Vergangenheit her.«

»Und doch hast du nicht vergessen«, sagte das Porzellangesicht.

»Nein. Die Erinnerungen verblassen, wenn sie es für richtig halten, egal, was wir von uns geben oder hinter uns lassen.«

Solitaire nahm das Püppchen in die Hände. »Ich jedenfalls bereue meinen Weg nicht, denn er führte mich hierher, und am Ende scheint es, als wäre alles richtig.«

Topantimbur Olifius schüttelte seinen Porzellankopf und Eliza sah eine kleine Perle als eine Träne seine Wange herunterrinnen, aber Solitaire achtete nicht auf ihn. Sie sah Moira an. »Ich tausche mit dir«, sagte sie. »Deinen Traum gegen einen Stern.«

Kapitel 40

STERNENTRÄNEN

Der Blick aus den grüngoldenen und silberblauen Augen des Nebelmädchens suchte Elizas, doch Eliza Willows konnte ihn nur stumm erwidern. Wie Moira wusste auch sie, dass es nicht mehr viele Tränen gab, die sie weinen konnte. Nur noch zwei, denn von den Vieren, die sie im Spiegel des Narren gesehen hatten, waren bereits zwei gefallen.

Eliza sah die Angst vor dem Ende in Moiras Augen, die Angst, noch etwas zu verpassen, doch sie sah auch, dass sich diese Ängste mit der Gewissheit vermischten, dass es nichts weiter mehr gab, dass sie nur diesen einen Moment haben würde, in dem sie ihre Puppe in den Arm nahm. Und dass dieser Moment vielleicht alles wert war.

Eliza griff nach der Hand des Nebelmädchens.

Das Novemberlied wisperte seine Melodie durch ihren Kopf und sie nickte lächelnd. Moira erwiderte das Lächeln, und für einen Augenblick lagen so viele Worte in der Luft, dass Eliza dachte, daran ersticken zu müssen, wenn sie nur eines davon einatmen würde. Beinahe wünschte sie sich, Moira Reeves niemals kennengelernt zu haben, denn dann wäre die Gewissheit, sie bald wieder verlieren zu müssen, nicht so schmerzlich, aber zugleich schalt sie sich selbst für diesen Gedanken, denn manchmal mussten Dinge zerbrechen, damit etwas gut werden konnte.

Moira entzog ihrer Freundin die Hand und schloss die Augen.

Eine einzelne, schimmernde Träne rollte ihr die Wange herunter und fiel in die Hände Solitaires, die sie auffing. Als sie die Hände öffnete, lag darin ein winziger, goldglänzender Stern, den sie verzückt betrachtete. Nichts anderes nahm sie mehr wahr.

Sie hörte nicht, dass Topantimbur Olifius mit trauriger Stimme flüsterte: »Nun hat sie nichts mehr. Keinen Wunsch, keine Sehnsucht, kein Ziel. Sie weiß es noch nicht, aber eines Tages wird sie es bemerken.«

Sie kümmerte sich nicht darum, dass Moira zaghaft nach ihrer Puppe griff und sie an sich drückte.

Sie sah nicht, wie sich das Mädchen aus Nebel wandelte und zu einem Kind aus Fleisch und Blut zu werden schien, ein Mädchen, von dem Eliza Willows bislang nur ein altes Foto gekannt hatte, aus einer längst vergangenen Zeit.

Sie bekam nicht mit, wie das kleine Mädchen einen Moment Leben genoss und ebenso wenig hörte sie, dass irgendwo, weit von ihnen entfernt, ein herzschlaggleiches Hämmern in einem Schrei verstummte, der in befreites Kinderlachen überging.

Sie tanzte nur durch die kleine Hütte, den kleinen Stern in der Hand.

Eliza Willows aber sah und hörte all das, und noch etwas mehr.

Sie hörte das Novemberlied, und zum allerersten Mal nicht nur jenen Ausschnitt, den die Spieluhr und der Zauber gekannt hatten, sondern das ganze Lied, das die Welt in den Schlaf wiegte, damit sie nach dem Winter wieder erwachen konnte.

Und als sich Moira Reeves auflöste, zu Sternenglitzern, Nebel und Schatten zerstob, verschwamm auch der Trödelmarkt der Träume.

Solitaire tanzte mit dem Stern. Topantimbur Olifius schlug seinen Buchdeckelauf und blätterte raschelnd zur letzten Seite, und als das Nebelmädchen nicht mehr war und niemals mehr gewesen zu sein schien als ein Traum in einem Traum, standen Eliza Willows und Cedric Reeves wieder auf dem Speicher von Mirrors End.

Er war kein Trödelmarkt der Träume mehr.

Es war nur noch ein Speicher, auf dem jemand allerlei Sachen liegen gelassen hatte, Sachen, die nun wieder wirklich waren, jetzt, da der Zauber zerschmolzen war.

Puppen aller Größe und Art lagen in einer Ecke, daneben standen Reihen von verstaubtem Blechspielzeug. Es gab zerfallene und mottenzerfressene Tücher und vieles mehr.

In der Ecke des Speichers stand ein Schaukelstuhl. Er bewegte sich sachte, so, als hätte eben noch jemand darauf gesessen und geschaukelt.

Doch es lag nur eine kleine Strickpuppe darauf, die ein rot gehäkeltes Kleidchen trug.

Von unten rief eine Stimme nach Eliza.

Margaret Willows.

Eliza lachte ihr nunmehr klangloses Lachen und zog Cedric mit sich, Cedric Taylem, in dessen Augen kein Papierweiblein mehr tanzte und der ihr Freund war.

EPILOG

Ein einzelner Stern stand am Nachthimmel, der immer noch finsterdunkel war. Die Luft schmeckte bittersüß, wie zerfallene Träume und neugeborene Hoffnung.

Sie schmeckte wie das Novemberlied, das langsam leiser wurde und schließlich verklingen würde, bis zum nächsten Jahr, wenn die Welt wieder schlafen musste.

Die Welt und die Träume, denn auch Träume mussten manchmal schlafen. Sogar vergessen werden und sterben. Damit ihnen neue folgen konnten.

Eliza Willows betrachtete den einsamen Stern. Hier und da blinzelte er, und manchmal schien es, als fiele ein Tropfen Mondlicht zu Boden.

Sie wusste, dass es Solitaires Tränen waren, denn sie hatte die Frau mit den weißen Haaren und silbernen Augen in ihren Träumen besucht. Einsam war sie, und traurig, weil der Glanz des gefundenen Sterns die Leere der fehlenden Träume nicht übermalen konnte.

Topantimbur Olifius war bei ihr, aber das änderte nichts.

Auch die anderen besuchte sie ab und an.

Den Narren, mit seinem Spiegel. Sogar Eduardo Tifantiso, der sie nie sah.

Ja, sie ging auch in das verlassene Haus auf der Straße der zerfallenen Träume, und manchmal trug sie dort auch einen Traum zu Grabe, um im Anschluss irgendwo einen neuen zu finden. An einem Stand, in den Zettelkästen, irgendwo.

Auch ein kleines Mädchen mit Augen aus Meeresleuchten und Himmelssehnen sah sie manchmal, denn auf dem Trödelmarkt der Träume gab es den Tod nicht, denn jede Erinnerung konnte auch ein Traum sein und jeder Traum eine Erinnerung werden.

Manchmal war auch Cedric dort.

Er besuchte das Papierweiblein. Er gab es nicht zu, aber Eliza wusste, dass er die Zauber vermisste. Sie war einmal ein Teil von ihm gewesen. Aber sie sah ihn nicht oft, denn wie der Narr gesagt hatte, träumte man nur selten den gleichen Traum zur gleichen Zeit.

Morgen aber würde sie ihn einstweilen wieder im Buchladen sehen. Sie war oft dort die letzte Zeit. Sie lächelte. Es war schön, einen Freund zu haben.

Seine Stimme schien zurückzukehren, langsam, Wort für Wort, und Eliza vermutete, dass er den Trödelmarkt der Träume auch dann besuchte, wenn sie ihn nicht dort sah.

Erneut betrachtete sie den einsamen Stern. Es würden neue Sterne neben ihm erwachen, ganz gewiss.

Und wie sie so in die Nacht sah, wurde der finsterdunkle Himmel langsam heller. Das Schwarz durchmischte sich mit Grüngold und Silberblau, das wie Meeresleuchten und Himmelssehnen war.

Eliza lachte. Es war ein Lachen ohne Klang, aber voller Glück, und es mischte sich mit Freudentränen. Denn die Tränen waren ihr geblieben.

DANK...

Michael Ende. Für so vieles, aber an dieser Stelle vor allem für den Trödelmarkt der Träume, den man zwischen Mitternachtsliedern und leisen Balladen zu entdecken vermag.

Peter S. Beagle und Neil Gaiman für die Verrücktheit im Herzen.

Grit Richter für ihr großes (Geschichten-)Herz, das dem Nebelmädchen ein neues Zuhause gibt. Melanie Schneider für die Fehlerschatzsuche im Traumwirrwarr.

Meinen Freunden, die mit mir durch alle Geschichten gehen, egal, wie dunkel sie auch sind und über wie viele Scherben sie führen.

Vor allem aber allen, die mir helfen, meine Träume zu finden, denn ohne Träume wären wir verloren.